AQUARIUS

AQUARIUS

AQUARIUS

AQUARIUS

每個人心中都有一座島嶼，

藉文字呼息而靜謐，

Island，我們心靈的岸。

瑞蒙·卡佛談寫作

To Call Myself Beloved: Raymond Carver on Writing

叫我自己親愛的

瑞蒙·卡佛◎著（Raymond Carver）　余國芳◎譯

And did you get what
you wanted from this life, even so?
I did.
And what did you want?
To call myself beloved, to feel myself
beloved on the earth.

這一生

你是否得到你想要的？

我得到了。

你想得到什麼？

叫我自己親愛的，感覺我自己

被世上所愛。

註：本段文字來自〈最後的斷片〉（Late Fragment），瑞蒙·卡佛在世時寫下的最後一首詩，亦為其墓誌銘。

【導讀】

一個平凡真誠的「說故事的人」

陳榮彬（臺大翻譯碩士學程兼任助理教授）

「任何人的生平若能夠真誠地被述說出來，都可以成一本小說。」

——引自海明威《死在午後》（*Death in the Afternoon*）

—為小人物說話—

一九九三年，好萊塢大導演羅勃．阿特曼（Robert Altman，已於二〇〇六年去世）拍

了一部叫做 ***Short Cuts*** 的電影，雖然莫名其妙地被台灣片商翻譯成《銀色．性．男女》（可以看到小勞勃．道尼成為「鋼鐵人」之前的青澀模樣！），但從原文不難了解那是一部由許多故事湊起來的電影，而且阿特曼的故事就是取材自當代美國短篇小說名家瑞蒙．卡佛。隔年，時報出版社翻譯出了阿特曼為這電影編的一本卡佛故事集，書名還是叫做 *Short Cuts*，中譯本受電影影響，取名為《浮世男女》（已絕版）。把這本故事集中譯本翻開一看，我就手不釋卷了，內心納悶卡佛為什麼可以把那些小人物寫得那麼絕？無論是〈鄰居〉裡面那一對幫鄰居照顧房子的無趣夫妻，或是〈他們不是妳的丈夫〉裡面失業的魯蛇丈夫，還有〈告訴那些娘兒們我們去了〉那兩個一起犯下性暴力重罪的好朋友，都被寫得如此真實。我想，描寫平凡的人生，也是一種本事吧？而且最重要的理由，應該是他自己也經歷過，且看他在本書的〈火〉裡面細數自己做過哪些瑣碎的零工：「**在鋸木廠待過，也當過大樓管理員，送貨員，在加油站打工，在庫房打掃……只要說得出的，我都幹過。有一年夏天，在加州的阿克塔——這是千真萬確的——我為了養家活口，白天的時間都在採鬱金香；晚上在餐館打烊之後，我還到一間得來速餐廳做內勤和清理停車場的工作。有一次我甚至考慮應徵收帳員……**」。卡佛在這本書裡面，雖然並不是很有系統的，但多少也交代出自己的生平與他短篇小說書寫之關係，值得我們細細體會。

—爛酒鬼卡佛—

卡佛大約在不到三十歲就染上了酒癮，據說他到愛荷華大學的愛荷華作家工作坊（Iowa Writers' Workshop；有趣的是，此時台灣小說家白先勇也在這裡求學，他們曾在校園裡擦肩而過嗎？）講學時，喝酒比寫東西的時間還多。卡佛所寫的以酗酒為主題的故事，或許因為他自己也曾是酒鬼，寫來特別真摯，就寫實與抒情而言都屬上乘之作。例如，《需要我的時候給個電話》裡面的〈柴火〉（"Kindling"；這篇作品在他去世十一年後才於一九九九年被《君子》〔*Esquire*〕雜誌刊登出來，於隔年幫他奪得第六座歐亨利短篇小說獎），還有《大教堂》裡〈謝夫的房子〉（"Chef's House"）與〈我在這裡打電話〉（"Where I'm Calling from"），都是以爛酒鬼為主角。特別是〈我在這裡打電話〉這一篇以戒酒中心為場景的故事精確地描繪了酒精中毒者酒癮發作的過程，輕則身體不自主顫抖，重則倒地後全身抽搐，非常寫實，更有趣的是中心裡那些酒鬼之間具有一種界於獄友與朋友之間的微妙關係——沒有像卡佛一樣住過戒酒中心，誰寫得出這種故事？在這本書裡面也是，讀者會覺得他動不動就提起自己是個爛酒鬼的往事，例如〈父親的一生〉講他的酒鬼老爸，也講他自己酗酒的往事。比較特別的是〈友誼〉：他藉由一張照片懷念自己的兩個作家朋友（理查．福特〔Richard Ford〕和托比亞斯．沃爾夫〔Tobias Wolff〕），而且提及他們是他在一九七七年戒酒不久之後認識的朋友，讓他特別珍惜，理由或許就是他在酗酒與戒酒時曾經失去過太多朋友。

—卡佛論小說書寫—

在美國文壇，儘管卡佛不喜歡，但他向來被視為所謂「極簡主義」（Minimalism）的代表人物之一。（在本書的〈關於當代小說〉裡，他曾說所謂「極簡主義」與「極繁主義」的爭論，還不夠讓人厭煩嗎？）但到底什麼是「極簡主義」？本書的〈談寫作〉或許是解答這問題的最重要憑據：簡單來講，首先就是能把自己的見解「信達雅的訴諸文字」（"give artistic expression"）。他還引用美國詩人龐德的話：「**敘事的基本精確度是寫作第一也是唯一的道德**」。其次是不用「**招式**」（trick）或「**噱頭**」（gimmick），只有想要遮遮掩掩的人才會用那種東西。他對所謂「**實驗性**」的作品可謂深惡痛絕，如果是純屬跟風而非創新的「實驗性」，就是一張「**愚蠢或模仿的證照**」，也是一張「**存心霸凌讀者、疏離讀者的證照**」。還有，卡佛對於細節甚是看重，他一方面引用蘇聯作家伊薩克．巴別爾（Isaac Babel）的話，「**沒有一件利器能比一個位置得當的句號更具殺傷力**」，另一方面到了〈談修改〉一文也提醒大家修改有多重要。如此看來，所謂「極簡」其實只是結果

（文字成品）簡單，過程卻有許多必要原則需堅守。對這方面有興趣的讀者，另外還可以參考〈星星導航〉、〈所有跟我相關的〉與〈有前因和後果的小說〉，〈關於當代小說〉裡面他也討論了美國短篇小說蓬勃發展的現象。順帶一提，知名美國文學期刊《巴黎評論》（*The Paris Review*）「小說藝術系列」（the art of fiction）的第七十六號，就是該社於一九八一到八二年之間多次與卡佛的訪談結果，其中關於小說藝術的各個面向都談得很細，頗有參考價值。

—誰影響卡佛最深？—

在〈火〉裡面，卡佛論及對他寫作生涯影響最大的人，首推他的女兒與兒子：他堅持這並非虛言，畢竟就是因為必須帶小孩他才會選擇以短篇故事為創作文類，避開需要長時間專心的長篇小說。但如果真的談到「文學影響」，除了這本書裡面屢屢提及的俄國短篇故事作家契訶夫（Chekhov）之外，應該首推他的老師約翰．加德納（John Gardner）。加德納的名氣當然不及他的學生卡佛那麼響亮，但是加德納在加州契科市州立大學（Chico State University）任教時，非常照顧卡佛這個只小他五歲的學生（卡佛年紀輕輕就結了婚，大學讀到二十五歲才畢業），我想最重要的是卡佛透過他學會了「小說家的思維方式」（比方說上述對於文字精確性的要求，加德納的「龜毛」絕對不輸卡佛）。加德納於一九八二年九月十四日因為騎哈雷機車發生交通意外而去世，享年僅僅四十九歲，卡佛負責把他留下來的遺稿整理出版，就是《大師的小說強迫症》（*On Becoming a Novelist*）一書：這本書裡面的〈約翰．加德納：作家老師〉其實就是《大師的小說強迫症》的序言，裡面提及與加德納討論作品的往事，還有加德納體諒他沒地方創作，甚至把自己的研究室借給他，師生之間的情誼深厚表露無遺。

另一位在本書出現頻率最高的作家，則是海明威。卡佛曾經在上述《巴黎評論》的訪談中坦承自己受到海明威許多早期故事的影響，例如〈雨中的貓〉、〈士兵之家〉與〈大雙心河〉等等（這幾篇都是海明威第一本故事集《我們的時代》〔*In Our Time*〕裡的作品）。至於在本書〈成年，崩潰〉一文中（這是他為海明威的兩本傳記寫的書評，刊登在《紐約時報書評》〔*New York Times Book Review*〕上），卡佛更是表示自己因為看到報上誤傳的海明威死訊才初次決定要當個作家，還認為海明威的作品是如此「**清澈、明朗、純粹；彷彿有一種貼身的交流，當你的手指在翻動書頁的時候，當你的眼睛在接收那些文字的時候，你的腦子自然的開始想像，開始體會文句中的意象**」。另外我想提醒讀者的是，海明威的創作強調「電報體」與「冰山理論」，兩者的文字表現都必須建立在簡單精確的基礎上，這與卡佛的「極簡主義」不能說沒有相通之處。

—卡佛的天使：女詩人黛絲—

卡佛雖然是因為長年抽菸而於五十歲就因肺癌病逝，但在他快要四十歲那幾年酗酒已經到了常常喝得失去意識的地步，他也發現自己如果不改變人生，很快就會喝到把老命丟掉，於是在一九七七年他三十九歲時把酒戒掉，之後便認識了他的新任繆思女神，女詩人黛絲．葛拉格（Tess Gallagher），一九七九年兩人開始同居，到一九八二年他就與元配瑪莉安．柏克（Maryann Burk）離婚。可惜的是，卡佛於一九八八年跟葛拉格結婚才六個禮拜就與世長辭了。在這本書裡，卡佛除了暢談他與黛絲共同創作那一本以杜斯妥也夫斯基（Dostoevsky）為主角的劇本，也提及他寫詩作〈致黛絲〉時的心情：對於黛絲能夠走進他的生命（他們倆是在一個寫作研討會上相識的），他說他充滿感激，也希望那首詩可以感動她，感動讀者。黛絲不僅非常了解卡佛與他的作品（卡佛說，他的作品出版前都會先給她看過），他們倆在他戒酒五個月後相識，也許是他從此再也沒有染上酒癮的主要原因。而且更重要的是，在卡佛去世將近三十年的今天，高齡七十二歲的黛絲仍然守護著卡佛留下來的文學遺產，無論他生前或死後，黛絲都是他的守護天使。

【瑞蒙・卡佛年表】（一九三八—一九八八年）

一九五七年：年僅十九就與十六歲的原配瑪莉安・柏克結婚，女兒和兒子在兩年內相繼出生。

一九五九年：進入加州契科市州立大學就讀，修了約翰・加德納的寫作課。

一九六一年：短篇故事〈憤怒的季節〉（"The Furious Seasons"）被刊登在契科市州立大學出版的文學雜誌上，是他第一篇被出版的故事。

一九六三年：二十五歲，從加州洪堡大學（Humboldt University）畢業。獲得獎學金，前往愛荷華大學作家工作坊攻讀碩士學位，但最後並未畢業。

一九六七年：卡佛夫婦宣告破產，父親於同一年六月去世。七月，卡佛獲得生平第一份白領工作，擔任科學教科書編輯。

一九六八年：他的第一本書於春天出版，是詩集《鄰近克拉瑪斯》（*Near Klamath*）。

一九七〇年：瑪莉安・柏克從加州聖荷西大學畢業，已經二十九歲。

一九七一年：短篇故事〈鄰居〉（"Neighbours"）獲得《君子》雜誌文學編輯戈登・里許（Gordon Lish）的認可，刊登了出來。這是他第一篇刊登在《君子》雜誌上的故事，之後也有許多作品出現在上面，包括本書的〈父親的一生〉（一九八四年九月號）。

一九七二年：《君子》雜誌刊登了他的故事〈這是什麼？〉（"What Is It?"，後來改名為〈真的跑了那麼多里程嗎？〉〔"Are These Actual Miles?"〕）。〈這是什麼？〉於這一年幫他初次獲得短篇小說歐．亨利獎。

一九七三年：前往愛荷華大學作家工作坊講學，認識了小說家約翰．契佛（John Cheever）。

一九七四年：瑪莉安．柏克進入加州大學聖塔芭芭拉分校英語系博士班就讀。酗酒問題嚴重，二度聲請破產。

一九七六年：第一本故事集《能不能請你安靜點》（*Will You Please Be Quiet, Please?*）問世，入圍美國國家圖書獎（National Book Award）決選。從這一年十月起開始住進戒酒中心，到隔年一月間四度進出。

一九七七年：六月二日開始戒酒，十一月在德州達拉斯市的一場寫作研討會上認識黛絲。他也是在這個會議上認識小說家理查．福特（Richard Ford）。

一九七九年：開始與黛絲同居，卡佛獲聘為紐約雪城大學英語教授，為了持續寫作而延緩一年上任。

一九八〇年：卡佛開始在雪城大學教書，黛絲也在該校找到工作，兩人在雪城購屋定居。

一九八一年：第二本故事集《當我們討論愛情》（*What We Talk about When We Talk about Love*）問世。〈謝夫的房子〉（"Chef's House"）被《紐約客》雜誌刊登出來，是《紐約客》初次接受他的故事，之後常有故事在該雜誌裡問世。

一九八二年：結束與妻子長達四年的分居狀態，正式在十月離婚，與黛絲一起創作劇本《杜斯妥也夫斯基》。

一九八七年：第三本故事集《大教堂》（*Cathedral*）問世。《紐約客》刊出他生前最後一篇故事，是以契訶夫為主角的〈難達使命〉（"Errand"），這故事為他奪得生前最後一次歐．亨利獎（第五度獲獎）。與黛絲同遊歐洲，去了巴黎、蘇黎世、羅馬與米蘭等地方。十月，因為肺癌而進行左肺葉切除手術。

一九八八年：癌症於三月復發，癌細胞已轉移到腦部，四、五月間前往西雅圖進行放射線治療。五月，故事集《我打電話的地方》（*Where I'm Calling from*）問世，裡面一部分是未發表故事。六月十七日，與黛絲在內華達州雷諾市結婚，七月兩人前往阿拉斯加釣魚。八月二日，在位於華盛頓州安吉利斯港（Port Angeles）的新家裡辭世。九月二十二日，他的追思禮拜在紐約市聖彼得教堂舉辦。

※參考書籍：*Conversations with Raymond Carver.* Edited by Marshall Bruce Gentry and William L. Stull. Jackson: UP of Mississippi, 1990.

目錄

目錄

目錄

第五部 書評

第一部

五篇散文和一篇靜思錄

1　父親的一生

我父親叫克里維・瑞蒙・卡佛。他的家人叫他瑞蒙，他的朋友叫他C・R，而我的名字完全依從他，叫做瑞蒙・克里維・卡佛二世。我討厭加上「二世」。其實在我很小的時候，父親叫我青蛙，這個稱呼我覺得還不錯，可是後來，他就跟家裡其他人一樣，也開始叫我「二世」了。直到我十三四歲宣布，誰再叫我「二世」這個名字，我就不回話，於是他又改口叫我博士，有時會叫兒子，就這麼叫到他一九六七年六月十七日去世為止。

他去世那天，我母親打電話通知我太太。我當時出門在外，正全心全力在做進入愛荷華大學圖書館學院的準備。我太太一接電話，我母親脫口就說：「瑞蒙死了！」一時之間，我太太以為我母親在說我死了。我母親立刻澄清，說此「瑞蒙」非彼「瑞蒙」，我太太才鬆了一大口氣說，「謝天謝地。我還以為你說的是我的瑞蒙。」

一九三四年，我爸爸靠走路、搭便車、乘貨車，一路從阿肯色州到達華盛頓州找工作。我不知道他千里迢迢遠走華盛頓是不是在尋夢。我很懷疑，我也不認為他有那麼大的夢。我相信他只不過是單純的想找一份薪水不錯的穩定工作罷了。穩定的工作，就是有意義的工作。有段時間他去幫人摘蘋果，後來在大古立水壩做建築工。等存了點錢之後，他買了一輛車子，開回阿肯色幫他的家人，也就是我的祖父母，打包收拾搬去西部。他後來說，當時他們在家鄉就快要餓死了，這絕不是什麼誇張的說法。但就是在阿肯色州短暫逗留的時間，在那個名叫里奧拉的小鎮上，我母親在人行道遇見了從小酒館走出來的我父親。

「他喝醉了，」她說。「我不知道為什麼我讓他跟我搭訕。他的眼睛好亮好亮。我真希望當時能知道接下來會發生什麼事。」他們之前見過面，是在一年多前的一個舞會上。在我母親之前，我爸有過好幾個女朋友，這是我媽告訴我的。「你爸爸身邊一直有女朋友，就算在我們結婚以後也是。他是我的第一也是最後。我從來就沒有別的男人。不過我一點也不覺得有什麼遺憾。」

他們在前往華盛頓的當天，由地方法院的法官證婚，這個高大的鄉村女孩和這個從農工變成建築工的男人結婚了。新婚之夜，我母親跟我父親還有他的家人一起度過，大夥就在阿肯色州的馬路邊紮營過夜。

後來他們到了華盛頓州的奧馬克，我爸和我媽住的地方就只是一個木棚，我祖父母住在隔壁。那時，我爸仍舊在水壩做工，後來，巨型渦輪機啟動，水壩的水輸送到百哩外的加拿大，他站在人群裡聽羅斯福總統在建壩的地點演說。「他對於建水壩死掉的那些人隻字不提。」我爸說。他好幾個朋友死在那兒，全都是從阿肯色、奧克拉荷馬和密蘇里過來的人。

不久後，他在奧勒岡州哥倫比亞河畔的一個小城鎮找了一份工作，那地方叫「克拉斯基奈」。我就是在那兒出生的。我母親有一張照片，是我爸站在工廠大門前面，很得意的把我舉起來對著相機。我的小帽子歪了，綁帶也鬆了。他的帽子往後推到額頭上，咧著嘴笑開了。當時他是要上工還是剛上完工？沒關係。不管怎樣，他已經有了一份差事和一個家庭。這是他不識愁滋味的年輕歲月。

一九四一年我們搬去華盛頓州的亞奇馬，我爸在鋸木廠當鋸子維修員，這是他在克拉斯基奈學到的一門技術。後來戰爭爆發，他獲得緩徵，因為他的工作在後勤支援上不可或缺。裁切木料對戰備非常需要，經過他銼磨的那些鋸子，鋒利到可以把人手臂上的汗毛全部剃光。

我爸帶著我們搬到亞奇馬之後，也把其餘的家人一起遷入同一個街坊。到了一九四〇年代中期，我爸家鄉的親戚包括他哥哥、姊姊、姊夫，還有叔叔伯伯、姪子外甥及一竿子親友，全都因為我爸打頭陣，從阿肯色過來了。一開始，男人都在我爸上班的「博伊斯凱斯凱德工廠」做工，女人在包裝廠包蘋果，過沒多久——根據我媽的說法——每個人混得都比我爸好了。「你爸爸存不了錢，」我媽說：「錢在他口袋裡燒了個洞。他始終是為別人辛苦。」

我至今仍清楚記得我們住的第一棟屋子，在亞奇馬市南十五街一五一五號，只有戶外的流動廁所。每逢萬聖節，或者其他任何一個夜晚，鄰居那些小孩，那些十一、二歲的小鬼頭，就會把我們的廁所移走，丟在馬路邊，我爸只得找人幫忙再把它推回來。有時，他們甚至會把流動廁所留在別人家的後院裡；有一次，居然還真的把它燒了。不過我們並非唯一有流動廁所的人家。等我稍微懂事的時候，只要看見有人使用廁所，就會拿石頭砸它——這叫做轟炸廁所。後來，大家都進屋子裡解放了，忽然間，附近就只剩我們一家是戶外流動廁所。到現在我還記得那件超丟臉的事，我三年級的導師懷斯先生，有一天開車載我回家，我請他停在我家前面的那一棟屋子，說我就住在這兒。

我還記得有天晚上，我爸回家晚了，發現我媽把所有的房門全上了鎖。他喝得爛醉，拚命撞門，撞到整棟房子都搖搖晃晃。最後，他奮力打開一扇窗，我媽立刻拿起濾鍋朝他眉心砸過去，把他砸昏了。我們全都看見他倒在草地上。好多年以後，我還常常拿起那只濾鍋——它就像實心的粗擀麵棍那麼重——我想著這玩意兒如果敲到頭上不知道是什麼感覺。

我記得就是在那段時間，有天我爸把我帶進臥室，讓我坐在床上，跟我說我可能得去跟拉芳姑媽一起生活了。我不明白我做了什麼事必須離開家去過活。但終究——不管它暗示了什麼——那也只是我爸說說罷了，因為我們還是住在一起，我並沒有真的去跟姑媽或其他什麼人過活。

我也無法忘記，我媽總是把我爸的威士忌往水槽裡倒。有時候全部倒掉，有時候，可能是害怕被逮到，只倒掉一半，再兌水進去。有一回我偷嘗了我爸的威士忌，可怕極了，我不懂為什麼會有人愛喝它。

後來又過了好長好長一段時間，好像是到了一九四九或一九五〇年吧，我們終於有了車子，是一台一九三八年份的福特。不過，有了車子的第一個星期，保險桿就斷了，我爸只好自己動手替它重新組裝。

「我們開的是全鎮最老的老爺車，」我媽說：「而且這車子花掉的修理費，都可以買一台凱迪拉克了。」有一回她在車子地板上發現一支口紅，還有一條蕾絲手帕。「看到沒？」她對我說：「這鐵定是哪個狐狸精留在車上的。」

有一天我看見她端了一鍋溫熱的水進臥室，我爸在裡面睡覺。她把他的一隻手從被子裡拎出來浸在水裡。我站在房門口看，想知道結果。她告訴我，這招可以讓他在睡夢中說實話，因為她要知道一些事情，一些他肯定瞞著她的事情。

在我小時候，幾乎每年，我們都會搭乘北海岸特快車，穿過喀斯喀特山脈，從亞奇馬到西雅圖，住進旺斯旅館，我記得我們都在一家叫做「開飯鈴簡餐」的店裡吃飯。有一次我們還去了「艾瓦鮮蛤餐廳」喝熱熱的蛤蜊湯。

一九五六年，就是我高中畢業的那年，我爸辭掉了亞奇馬工廠的差事，轉到恰斯特去工作，那是北加州一個開鋸木廠的小鎮。他會接下這份工作，大概是因為時薪比較高的關係，另外他還得到了一個含糊的承諾，說再過兩三年他就能在這間工廠裡升任工頭。不過我認為，會換工作的主要原因，還是我爸自己的心不定，純粹就想到別處去試試運氣。畢竟亞奇馬那邊的一切對他來說，都太一成不變；再加上前一年，他的父母在半年內相繼過世了。

可是，就在我畢業後沒幾天，我和媽媽正準備打包搬去恰斯特的時候，我爸寫信來說他病了好一陣子。他不想讓我們擔心，他說，他被鋸子割傷了，大概有一小塊鋼片鑽到了血管裡。總之，出了點事，他不得不耽擱了工作，他這麼說。然後在同一封信裡，又附了張不具名的明信片，上面告訴我媽說我爸快死了，因為他不斷在喝不摻水的「純威士忌」。

我們到達恰斯特的時候，我爸住在工廠裡的一台拖車上。當下我認不出是他了。我猜當時有那麼一瞬間是我有心不想認出他。他瘦到見骨，臉色蒼白，一副魂不守舍的樣子。他的長褲鬆得直往下掉，根本不像我爸了。我媽大哭起來，我爸摟著她，不知所以地拍著她的肩膀，好像他也不明白這究竟是怎麼回事。我們三個人就在拖車裡相依為命，我和我媽竭盡所能的照顧我爸，可是他病得厲害，毫無起色。那年整個夏天和秋天，我都跟他一起進廠工作。我們一早起床，邊吃雞蛋吐司邊聽收音機，然後提了餐盒一起出門。早上八點進工廠大門，一直要到下班時間才能再見到他。十一月一到，為了和女友相聚，我便回亞奇馬，這個女孩是我一心想要娶回家的。

他在恰斯特工廠待到隔年二月，有一天在上工的時候倒下去了，被送進醫院。我媽問我可不可以過來幫忙。我從亞奇馬坐巴士到恰斯特，準備要把他們接回亞奇馬。可是沒想到，我爸除了身體有病，精神也快要崩潰了，只是當時我們誰也不知道這就叫做精神崩潰。回亞奇馬的整段路上，他都不說話，甚至連最直接一對一的問題也不吭聲（「你覺得怎樣，瑞蒙？」「你還好嗎，爸？」）。不過，他會溝通——如果這也算做是溝通的話——他會動一動頭或是抬起兩隻手掌，好像在說他不知道，不在乎。整段旅程他只開過一次口，那也是往後一個月裡唯一的一次：當時是在奧勒岡一條碎石子路上，我把車開得很快，突然，車子的消音器鬆脫了，「你走得太快了。」我聽到他這麼說。

回亞奇馬之後，有位醫生安排我爸去看精神科。當時我媽和我爸開始領起了失業救濟金，診療費用由公家支出。醫師問我爸，「總統是誰？」他問了一個我爸應該會回答的問題。我爸說：「艾克。」結果，他們把他安頓在亞奇馬山谷紀念醫院的五樓，開始做電擊治療。那時候我結婚了，有了自己的家庭，我爸還繼續關在醫院裡。後來，我太太也住進同一家醫院，就在他的病房樓下，生下了我們第一個孩子。她生產完，我上樓向我爸報喜訊。他們讓我穿過一道不鏽鋼門，指點我怎麼找到他。他坐在沙發上，腿上蓋了條毯子。我心裡想，**嘿，我爸究竟是怎麼了？**我在他身邊坐下來，告訴他說他當祖父了。他過了一會兒才說，「我覺得我像個祖父。」他只說了這一句，不笑也不動。他待的那個房間裡有好多人，我抱住他，而他開始哭。

他終於離開那裡之後，有好幾年，仍舊沒辦法工作，只能在屋子裡東坐坐西坐坐，想東想西，想著他這一生到底做錯了什麼以至於落到這步田地。我媽則是不停的換著爛工作。而在很久以後她提起我爸住院當時，還有出院以後的事，她只說：「那時候瑞蒙病了。」也就是從那時候開始，「病」這個字對我別具意義。

到了一九六四年，透過朋友的幫忙，我爸很幸運的在加州克拉瑪斯城一間工廠得到工作。一開始，他先獨自一人過去，去看看是否能夠勝任。他住在工廠附近，這個只有一個房間的小木屋，就跟當初他和我媽媽剛到西部時住的地方差不多大。這段期間，我爸也隨意地寫了不少信給我媽，要是我打電話給我媽，她就會大聲念給我聽。在信中，他說生活就是趕著上工。每天上工這件事，他覺得就是人生中最重要的大事。不過，他告訴她說，情況一天好過一天。他要她向我問好。他還寫到，晚上如果睡不著，他就會想到我，想到我們曾經有過的快樂時光。後來，又過了兩三個月，他恢復了一些自信，可以工作了，也不再擔心自己會讓誰失望——等到這些都確定沒問題，他就把我媽接過去。

從他離開前一個工作崗位到此時，已經過了六個年頭。這六年裡他失去了一切——家庭、車子、家具，所有的家電用品，包括我媽最引以為傲的大冰箱。他也失去了名聲——瑞蒙．卡佛是一個欠帳不還的傢伙——連他的自尊也一併沒了。他甚至失去了他的男性雄風。我媽告訴我太太，「瑞蒙生病的那段時間，我們一直睡同一張床，卻從來沒有親密關係。有幾次他好像有那麼點意思，結果什麼也沒發生。我沒有會錯意，當時他確實有那個意思，你知道的。」

那些年我忙著賺錢養家，但總是因為這樣那樣的原因，我們一直在搬家，害我沒辦法隨時跟我爸保持聯繫。不過，有一年聖誕節，我找機會告訴他說我想當作家（其實還不如跟他說我想當整形醫生來得好）。「你要寫什麼？」他想知道。接著，他好像是幫我找答案似的說，「寫一些你知道的東西。寫我們去釣魚的那些事吧。」我說我會的，但其實我知道我不會去寫那些。「把你寫的東西寄給我。」他說。我說我會的，結果也當然沒有。我完全沒有寫釣魚的事，我也不認為他對於我那段時間裡寫些什麼會真的在乎，或者真的明白。再說，他也不是愛讀書的人。總之，不是我為之寫作的那種讀者。

然後他過世了。我在外地，在愛荷華，我有好多話還沒跟他說。我沒來得及跟他告別，也沒機會跟他說他的新工作做得很棒。我還想說我為他的重新振作感到驕傲。

我媽說，他去世的那天晚上下班回來後，晚餐吃得超多。飯後，他一個人坐在餐桌邊，把剩下的一瓶威士忌全喝了（這空酒瓶是我媽一兩天後，才發現藏在垃圾桶一堆咖啡渣底下）。喝完酒他就上床睡覺，稍後我媽也上床睡了。可是夜裡她不得不起床去睡沙發。「他打呼聲太大，我沒辦法睡。」她說。第二天早上她探頭看，發現他嘴巴開開的仰躺著，兩邊臉頰凹陷。「臉色發黑，」她說，她知道他死了——用不著醫生來說。不過她還是先打電話請醫生過來，再打給我太太。

我媽保留著她和我爸當年在華盛頓拍的一些照片，有一張他站在一輛車子前面，一手握著啤酒，一手拎著一串魚。照片中，他把帽子往後推到額頭上，臉上帶著他特有的古怪笑容。我請她把這張照片給我，她給了，還附帶了其他幾張。我把它掛在牆上，每次我們搬家，我都帶著這張照片，然後掛在新家的牆上。我很仔細的，一再的看著這張照片，努力想從照片裡搞清楚我爸的一些事情，還有我自己的一些事情。可惜沒有。我爸只有離我愈來愈遠，回到了屬於他的過去。最後，在又一次搬家的過程中，我弄丟了這張照片。就是這個時候，我開始想要回憶，也就是這個時候，我開始計畫要寫一些關於我爸的事情，還有我認為我們在哪些很重要的方面都很相像。我在舊金山南邊一間公寓裡寫下了這首詩，就在這時候我發現，我，就像我爸一樣有了酗酒問題。這首詩是我試圖跟他聯繫的一個方法。

我父親二十二歲時候的照片

十月。在陰鬱、陌生的廚房裡
我端詳著父親年輕靦腆的面孔
笑容羞澀，一手拎著一串
帶刺的黃鱸，一手握著
一瓶嘉士伯啤酒。

一身牛仔褲藍布衫，斜靠著
那輛一九三四年份福特的擋泥板。
為了給後代留下帥氣的模樣，他
把那頂舊帽子架在耳朵上。
我父親一輩子想要率性粗獷。
他的眼神卻洩了底，還有那雙手
不太穩當的提著那串死鱸魚

和那瓶啤酒。父親啊，我愛你，
要我怎麼開口向你說謝謝，現在的我
也抓不穩我的酒瓶，
我甚至不知道該往哪兒去釣魚？

這首詩的情節都是真實的，除了我爸去世的月份，應該在六月，而不是像詩裡寫的第一句，十月。我只是想用一個不是單音節的字，讓它拖得長一些。更重要的，我想要一個切合我當時有感而寫的心境的月份——一個白晝漸短、光線黯淡、煙氣瀰漫、了無生氣的月份。六月是白晝黑夜都是夏天的月份，是學校畢業的月份，是我過結婚紀念日、我的其中一個孩子過生日的月份。六月不該是人父死亡的月份。

葬禮結束，我們走出殯儀館，一個我不認識的女人過來對我說，「現在的他開心多了。」我看著她，一直到她走遠。至今我仍然記得她帽子上的小球結。還有我爸的一個堂兄——這人的名字我不記得了——走過來握住我的手。「我們都很想念他。」他說。我知道他不是在說客套話。

我哭了。這是從接到消息以來的第一次哭泣。之前我一直哭不出來，因為我沒有時間；現在，我忽然一發不可收拾了。我挽著我太太哭泣，她竭盡所能的跟我說話，安慰我，在那個夏日的午後。

我聽見人家在對我媽說一些安慰的話，我很高興我爸家的人全到齊了，全都到了我爸這裡。我以為當天的事，所有說的做的，我都記下來了，我以為有一天我一定會想辦法把這一切公諸於世。但是沒有。我忘光了，幾乎全部忘光。我唯一記得的是，那個下午我聽見我們的名字好多次，我爸的名字和我的名字。不過我知道他們談的是我爸。**瑞蒙**，這些人不斷用美妙悅耳的、我童年時候聽過的聲音說著：**瑞蒙**。

2 談寫作

回顧一九六〇年代中期，我發現我對於長篇小說有注意力無法集中的困擾。有一陣子不管是讀是寫都有困難。我的注意力持續度節節敗退；我完全沒了寫小說的耐心。現在想起來都還是一段冗長而沉悶的經歷。不過我明白，這段過去跟我現在愛寫詩和短篇小說大有關係。直切，直入，不拖泥帶水，毫不遲疑。大概也就在同一時期，在我二十五歲以後的這段時間裡，我失去了強烈的企圖心——若真如此，倒也是好事一樁。企圖心加上一點點的運氣，對於一個有心寫作的人來說是好事。若是企圖心太大加上運氣不好，或者連一點運氣也沒有，那是會要人命的。寫作必須有天分。

有些作家非常有天分；作家應該都有天分吧。但是要擁有看待事物的獨特性和敏銳度，而且能精準貼切的表達出來，那又是另外一回事了。《蓋普眼中的世界》（*The World According to Garp*），當然是作者約翰．厄文（John Irving）心目中最精采的世界。芙蘭納莉．歐康納（Flannery O'Connor）寫的則是她眼中的世界；另外，威廉・福克納（William Faulkner）和海明威（Ernest Hemingway）有他們的世界。契佛（John Cheever）、厄普代克（John Updike）、以撒・辛格（Isaac Singer）、斯坦利・艾肯（Stanley Elkin）、安・比提（Ann Beattie）、辛西亞・奧茲克（Cynthia Ozick）、唐納德・巴塞爾姆（Donald Barthelme）①、瑪莉・羅比森（Mary Robison）、威廉・基特里奇（William Kittredge）、貝瑞・漢納（Barry Hannah）、娥蘇拉・勒瑰恩（Ursula K. Le Guin）也各自有他們心中的世界。每一位偉大的或是出色的作家，都是按照他自己的標準造就屬於他的世界。

我上面所說的，其實有些類似「風格」，但風格不是一切。作家在他書寫的每件事物上都簽了字，具有他獨一無二、絕不會錯認的署名。那是他的世界，絕對不會是其他人的。這是造就作家的要件之一，而非天分。有天分的人比比皆是。但一個作家有獨特的見解，而且能夠把見解信達雅的訴諸文字：那麼這個作家就會有一席之地。

伊薩克・狄尼森②說她每天都會寫一點東西，沒有指望也沒有絕望。將來我會把這句話記在名片大小的卡片上，貼在我書桌旁的牆壁。牆壁上現在已經貼了幾張這類3×5的小卡片。其中一張寫著：「敘事基本的精確度是寫作第一也是唯一的道德。」是艾茲拉・龐德③說的。精確「當然」不是一切，但一個作家如果能做到「敘事基本的精確度」，那麼至少他是上道了。

我的小卡片中有一張是摘自契訶夫（Chekhov）小說裡的句子：「……剎那間他豁然開朗。」我發現這幾個字充滿奇蹟和可能。我愛它的簡單明白，以及它底下暗藏的寓意。還有，神祕感。之前「不清楚」的是什麼？又為什麼現在突然「清楚」了？到底發生了什麼？最要緊的——那現在又如何？在豁然開朗之後會有許多的結果。我感覺有一種徹底的輕鬆——和一種渴望。

我曾無意間聽說作家喬佛瑞・沃爾夫對一群學習寫作的學生說過，寫作「沒有廉價的招式」。這句話應該登上小卡片。不過我想對此做個補充。我討厭招式。在小說裡一個招式或是一個噱頭，不管是廉價的還是經過精心策畫，給我的第一感覺，就是在找掩飾。花招最終讓人厭倦，而我是最容易厭倦的人，這可能跟我的注意力無法持久有關。

---

① 巴塞爾姆，Donald Barthelme，1931-1989，美國後現代主義小說家，重要作品有《巴塞爾姆的白雪公主》等。得獎無數，被譽為「今日眾多年輕作家的文學教父」。

② Baronesse Karen Von Blixen-Finecke，1885-1962，丹麥作家，以英語寫作，伊薩克・狄尼森（Isak Dinesen）為其筆名，其生平曾拍成電影《遠離非洲》。

③ Ezra Pound，1885-1972，美國詩人，文學家。

再者，特別花俏、矯揉造作的文筆，或是過分平淡無奇的寫法，也都會引我入睡。寫作人不需要花招或噱頭，甚至不必是團隊中最聰明的傢伙。有時候，一個作家必須能夠心無二用的觀察一些有的沒的，無論是一輪落日或是一隻舊鞋，都能帶著絕對純粹的驚奇——即使讓自己看來像個傻瓜。

約翰·巴思④幾個月前在《紐約時報書評》上說，十年前他寫作班裡大部分的學生都勇於「形式創新」，這一點現在似乎已經改變了。如今他擔憂的是，寫作人開始在寫一些一九八〇年代，老爸老媽式落入俗套的小說。他擔憂這個實驗性就跟自由主義一樣，會過時。如果我發現自己陷入這種陰沉的、所謂「形式改革」的討論，那我就會有些緊張了。因為在我看來，「實驗性」在寫作上往往等同於一張漫不在乎、愚蠢或模仿的證照。甚至更糟，這也等同於一張存心霸凌讀者、疏離讀者的證照。這類寫作多半不會帶給我們任何新的訊息，頂多只是在描述一片貧瘠的風景而已——一個人煙罕至、只有這裡那裡出現幾座沙丘和幾隻蜥蜴的地方；一塊人類根本不苟同、無人居住的地方；一塊只有少數科學家感興趣的地方。

值得一提的是，小說中真正的實驗性在於原創，極其難能可貴，而且甘味無窮。只要是別人對於事物的看法——比方說，巴塞爾姆的觀點——其他作家就不該依樣畫葫蘆，盲目跟進。這是行不通的，因為世上只有一個巴塞爾姆，其他人想要以創新之名盜用巴塞爾姆特有的感覺或表現方式，那只會製造混亂、災難，甚至自欺欺人的後果。真正的實驗性必須是「開創出新的東西」，像龐德⑤所倡導的，在創作的過程中自己發現一些新東西。只要寫作的人腦袋還很清楚，而且又不想跟我們脫節，那麼自然會把屬於他們那個世界的消息傳遞給我們。

在一首詩或一個短篇故事裡，作者有可能會描述一些平常的事物——椅子、窗簾、叉子、石頭、女人的耳環之類——以平常卻精準的文字，賦予這些事物一種強大的、甚至令人驚訝的力量。作者也有可能寫一句看來無關痛癢的對話，結果卻能讓讀者背脊發麻——就像納博科夫⑥所做的一樣，而這個，就是藝術快感的源頭。我其實討厭粗鄙、草率的寫法，不管它是不是打著實驗性的旗號，或只是愚蠢的反映寫實主義。伊薩克·巴別爾⑦精采的短篇小說〈莫泊桑〉中，敘事者對於小說的寫法如此說道：「沒有一件利

---

④ John Simmons Barth，1930-，美國小說家。

⑤ 即指艾茲拉·龐德。

⑥ Vladimir Vladimirovich Nabokov，1899-1977，俄裔美國小說家，作品有《蘿莉塔》等。

⑦ Isaac Babel，1894-1940，蘇俄猶太裔小說家。

器能比一個位置得當的句號更具殺傷力。」這句話也該登上小卡片。

伊凡．康奈爾⑧曾提到他何時會知道自己完成了一個短篇：就是在他發現自己看完一遍寫好的短篇，刪掉了其中一些逗點，但是當他再看一遍，又把那些逗點加回原來位置的時候。我喜歡這種工作方式。我尊崇這份認真的態度。畢竟我們擁有的一切就是文字，所以用字最好正確，標點最好點在正確的地方，那才能表達出它們真正想表達的意思。如果用字都是寫作者本身一些毫無節制的私人情緒，或者因為某種理由而不精確（只要文字模糊曖昧都算），就無法抓住讀者的眼睛，也無法滿足讀者的藝術感知，寫出來的東西就變得毫無意義。亨利．詹姆斯⑨叫這種無意義的寫作為「差勁的風格」。

有些朋友跟我說他們必須趕著出書，因為缺錢，說是編輯在催稿，或者太太快要離家出走了——諸如此類的理由，所以很抱歉寫得不太好。「要是不這麼趕，我會寫得很好。」我聽到一位寫小說的朋友說這句話的時候，真是無言以對。即使現在回想起來，我還是無言以對。如果我們不能心口如一的寫出內心的想法，那何必寫呢？畢竟，我們能夠帶進墳墓的，不就是我們盡心盡力的過程和辛勤耕耘的結果嗎？我很想對我的朋友說，看在老天的分上，您就轉行吧。換口飯吃，你一定能找到別的比較容易上手，而且看得到實在成果的行業。否則就請你竭盡全力發揮所長，別找理由別找藉口；不要抱怨，不要解釋。

芙蘭納莉・歐康納寫了一篇簡單明瞭、叫做〈寫短篇小說〉的散文，談到寫作是一種發現的行為。歐康納說她經常在坐下來開始寫一個短篇的時候，先要讓自己放空，不知道自己究竟該往哪去。她說她懷疑很多作家在剛下筆的時候就知道自己究竟要往哪兒走（要寫什麼）。她用〈鄉下良民〉為例，說明這個短篇寫到快接近尾聲時，她還沒猜到結局是什麼：

> 當我開始寫一個故事，我並不知道故事裡有一個裝了一條木腿的博士。我只發現自己某天早上在描述我稍微熟悉的兩個女人，在我還沒弄清楚的時候，我忽然給其中一個女人加了個有一條木腿的女兒。故事繼續發展，我又加進來那個聖經推銷員，但是我毫無概念我該把他怎麼辦。我根本不知道他會去偷那條木腿，一直到寫了一、二十行之後，我發覺事情就該這麼發生的時候，我才清楚這是無可避免的。

---

⑧ Evan Shelby Connell, Jr.，1924-2013，美國詩人，短篇小說作家。

⑨ Henry James，1843-1916，美國作家。

*

幾年前我讀到這一段的時候，相當震驚，因為她（或任何人）居然以這種方式在寫小說。我本來以為這是我很難啟口的一個秘密，對此事我一直覺得有些不自在。我相信這種寫作方式等於洩漏了我的缺點。我記得當時看到她的這番話真令我大感振奮。

後來有一次，我坐下來準備寫個短篇（最後成功的把它寫成一個很不錯的故事），沒想到，第一句話就這麼自動跳進來了。其實這句話已經在我腦海裡打轉了好幾天：「電話鈴響的時候，他正在用吸塵器。」我知道故事就在那兒了，就在那兒等人把它說出來。我打從骨子裡感覺得到，這個開頭就是有故事，只要找時間把它寫出來；一旦時間有了，有一整天——十二個，甚至十五個小時——只要我願意好好利用。結果，我做到了，就在這個早上我坐下來寫下第一句，其他的句子便立刻自動自發的彼此吸引出來。我寫短篇就像我寫詩一樣；一行接一行，再接一行。很快的我看見故事在成形，我知道這個就是我的故事，這個正是我想要寫的故事。

我喜歡短篇小說裡面帶有一些威脅感或是惡質的恐嚇。我覺得故事裡帶有一些惡質是好的，至少對故事的轉折是有好處的。我也覺得故事裡必須有緊張感，一種迫在眉睫的東西，一些不安的騷動，否則，就不能成為故事了。想要在小說中創造緊張感，有時是把一些強勁的字眼連在一起，製造出一個有形的畫面；但有時也可能是一些沒有說出來的東西，類似隱喻，隱藏在平順無痕（或支離破碎）的表層底下的景象。

V．S．普里契特[10]對於短篇小說的定義是「捕捉眼角瞥見的某些東西」。注意這句話裡的「瞥見」。最初只是不經意地一瞥，但之後，這一瞥就擁有了生命，轉變成那瞬間的亮點，如果運氣再好一點——同樣是這個字——更有了後續的結果和意義。短篇小說家的任務，就是窮盡所有力量投入這驚鴻一瞥之中。他會集合他的智慧、文學技巧（才華）、他的平衡感、他對事物真切的感受，讓讀者知道這些事物究竟是什麼樣子，而他又是如何看待這些事物——就好像別人都不曾看見那樣。要做到這些，勢必要透過清楚精確的語言，用語言把所有細節帶出生命，為讀者點亮這個故事。若要讓細節具體而深入，所使用的語言就必須精準。用字精準的效果看似平淡無奇，卻強大到令人難以料想；只要用對了字，就能切中要害。

[10] Victor Sawdon Pritchett，1900-1997，英國作家，文評家，以短篇小說著稱。

3 火

影響是一種力道——就像環境、個性，又如同潮水之不可逆。我沒辦法說哪些書或哪些作家對我有影響力。這種影響，文學的影響，我很難明確的說清楚。就好像要我說自己是受到所有讀過看過的書的影響，或是說我沒有受到任何一位作家的影響，都同樣的不恰當。舉個例子，長久以來我一直是海明威的書迷，無論他寫的長篇或短篇。但是，我也認為勞倫斯．杜雷爾⑪的文字功力卓越不凡。當然，我不會寫得跟他一樣，而他對我也沒有任何「影響力」。偶爾有人說我的文字有點「像」海明威。但是我不能說我受到了他的影響。海明威是我二十多歲開始閱讀時所崇拜的許多作者之一，勞倫斯．杜雷爾也是。

所以我並不知道什麼叫做「文學的影響力」。不過在此之外，另外有幾種影響力，我倒是很想說說。我所知道的這些影響力，初看往往很神祕，有時甚至一閃而過，但是當我繼續往下寫的時候，它們變得愈來愈清晰。這些影響力在當時（到現在仍然是）非常強悍。就是這些影響力把我往這個方向推，讓我捨其他而攀附在這一小塊土地上——打個比方，這一小塊地，就如同在湖對岸最遠、最小的那一塊地。但試問，要是這個在我生活和寫作上的最主要影響力是負面的、壓抑而惡意的，而事實就是這樣，那我又該如何呢？

讓我從頭說起。我寫這篇文章是在紐約州薩拉托加泉市區外，一個叫做亞都的地方。時間是八月初，星期天下午。當時大概每隔二十五分鐘，持續不斷地，我就會聽見三萬多個人聲在那裡一起沸騰。這個奇妙的喧譁聲來自薩拉托加賽馬場。一場馳名的賽事正在進行。而我正在寫作，但每隔二十五分鐘，我就會聽見麥克風傳來廣播員高喊馬匹就位的聲音。觀眾的歡呼聲愈來愈大，越過樹林，震撼人心，直到所有的馬匹抵達終點為止。等到賽事結束，我累到全身無力，好像我也參與了這場比賽似的。我似乎看到自己拿著押注的彩票贏了，或者差一點就贏了。我可以想像，再過一兩分鐘，等重播的影片放出來，正式確認結果的時候，肯定又會出現一次大爆發。

⑪ Lawrence Durrell，1912-1990，英國作家，著有《苦檸檬之島：我的賽普勒斯歲月》等。

從來到這兒第一次聽見擴音器的廣播，和觀眾興奮的喊叫聲到此刻，已經有好幾天了，我都在寫一個短篇，場景在艾爾帕索，一個我曾經住過一段時間的城市。故事是寫一些人去艾爾帕索城外看一場賽馬。我不想說這個故事就在等著我寫下去。其實沒有，要是真的這樣，寫出來可能就是另外一回事了。不過這個短篇確實需要一些東西來推動一下。而當我到了亞都之後，首次從擴音器聽見播音員的聲音、群眾的聲音，這些東西讓我憶起了過去的那一個艾爾帕索，也推動了這個故事。我想起我去過的馬場，一些發生過的事，一些有可能發生、也可能不會發生的事，那些都遠在兩千哩外，但在這時候，都進入了我的故事裡。

於是我的故事就這樣發展出來了，這應該就是所謂的「影響力」吧。當然，每位作家都會受到這類的影響。這是最普通的一種影響力——這個推動那個，那個又推動其他的。這對我們來說是再普通不過的一種影響力，那麼的自然，自然得就像雨水一樣。

在回到我的話題之前，先讓我再舉一個跟前面相仿的、關於影響力的例子。不久前，我住在雪城，當時正在寫一個短篇小說，電話鈴響，我接起來。電話另一端是一個男聲，而且明顯是個黑人的聲音，他要找一個叫做納爾森的人。我說打錯了。掛斷電話後我又回去繼續寫我的短篇。很快的，我發現我居然把一個黑人的角色寫進了故事裡，一個有些邪惡的人物，名字就叫納爾森。在那一刻，整篇故事的線路就完全變了。現在想想，這是好事一樁，似乎當時我就知道了，故事就該做這樣的轉變。其實，我開始寫那個短篇的時候，既沒有準備也沒有預測到故事中有納爾森這一號人物的出現。現在，故事寫完了，就快登載在一份全國性的雜誌上，我發現納爾森的出現，用那種邪惡的姿態出現實在太對了、太漂亮了。另一方面，這個人物適時出現在這個故事裡，純屬偶然的巧合，我也絕對相信這份偶然的正當性。

該說的是，我的記憶力很差。我指的是我人生中發生過的許多事情我都忘了（或許這也是一種優點），在這麼一大段的時間裡，我住過的城鎮、認識的人和那些名字，全都想不起也回不來了。好大一段空白。不過，我還是記得一些事。一些小事——誰說了一句特別的話；誰的笑聲很大、很低沉、很神經質；某個地方的風景，某個人臉上的悲傷、困惑的表情。我也還記得一些特別戲劇化的事情——某人拿刀憤怒的指著我；或是我曾經窮凶極惡的威脅過某人。我還記得看見人家把門撞開，也看見有人從樓梯栽下來……總是在某個時間點，有些特別戲劇化的記憶就回來了。但是我沒辦法記得完整的談話過程，說話時候的手勢和表情，也想不起我曾花了不少時間打理過的房間擺設，更別提整個屋子的裝潢了。甚至對於賽馬場上的許多細節也都不復記憶——除了看台、下注的窗口、閉路電視螢幕、多得不得了的人……還有吶喊的聲音。我小說裡的對話都是杜撰的。裝潢擺設和人物周邊的物品，也是在我覺得有需要的時候才加進來。或許就是這些造成我寫的小說常常被說成很素、很淡，甚至「極簡」的原因。而這種風格，也可能來自於我寫小說的方式——只是基於「有需要」和「方便」的考量吧。

當然，我的故事沒有一個是真實發生過的——我不是在寫自傳——但大多數都有類似的成分，多少都有一點，像在反映我生活裡的林林總總。不過，當我試著去回憶周遭或故事裡的各種道具擺設（譬如，現在要呈現的是哪種花？這花有沒有什麼氣味？……等等），我又經常處於一種失憶狀態。所以再往下寫時，我必須不斷的杜撰想像——故事裡的兩個人互相說些什麼，當時在做些什麼，等到說了這些那些之後，下一步又該發生什麼。我編造出他們的對話，但當然也許在對話中，確實有一些句子，有那麼一兩句，我曾經在某個時候某個地點聽見過。甚至這句話有可能就變成了故事的開端。

亨利．米勒⑫在四十多歲時寫下《北回歸線》⑬——順便一提，這是我非常喜愛的一本小說——他談起他在那間借住的房間裡寫作的時候，幾乎隨時都會被迫停下來，因為他坐著的那張椅子隨時有可能被人抽走。這種情況其實也在我過去的生活中不斷發生，直到最近才有所改善。就我記憶所及，從我十幾歲開始，擔心座椅被人抽走的焦慮便始終不離左右。年復一年，我和我太太一直在為我們頭上的那片屋頂，為餐桌上的牛奶麵包，不停的東搬西走。我們沒有錢，沒有前景，也就是說，沒有生財之道——除了餬口再沒有其他更好的出路。而且我們沒有好的教育，儘管非常渴望，但就是沒有。我們始終相信，教育能夠為我們打開很多的門，幫我們找到很好的工作，讓我們過我們和子女們想要的生活。我和我太太，我們兩個有很多很大的夢想；我們以為我們可以低頭，可以賣命，可以做我們想要做的一切。但是，我們都錯了。

我必須說我人生中最大的一個影響力，也是直接與間接對我的寫作有最大影響力的，就是我的兩個孩子。我二十歲不到他們就出生了，然後在同一片屋頂下，從住進去到離開——差不多十九年的時間——他們對我生活的影響力無所不在。

---

⑫ Henry Miller，1891-1980，美國文學大師，也是當代最重要最具爭議性的作家，著有《黑色的春天》、《春夢之結》等書。

⑬ *Tropic of Cancer*，入選二十世紀百大英文小說。

芙蘭納莉．歐康納在一篇散文當中說道，一個作家的生命到了二十歲以後就不需要太多事情的「發生」，因為許許多多構成一篇小說的東西，早已在那段時間裡發生過了——不只發生得夠多，而且已經超過了；她說，那些東西絕對足夠延續作家日後的創作生命。但是對我來說並非如此：現在供給我寫作的「素材」，絕大多數都是發生在我二十歲以後。老實說，我對於在為人父之前的人生真的記不得太多；我真的不覺得在我二十歲結婚生子之前的人生曾經發生過什麼。是在那以後，事情才開始一件一件的發生。

六〇年代中期，我每天在愛荷華城的自助洗衣店裡忙著對付五六籃的衣服，大部分是孩子們的，當然也有一些是我太太和我的衣服。那個星期六下午，我太太在大學運動俱樂部裡當服務生，我負責家務和帶孩子。那天，他們跟別的孩子在一起，好像是去參加生日派對吧，而我忙著拿衣服去洗。一開始，為了我用幾台洗衣機的事，我還跟一個老潑婦大吵一架。吵完後，仍然得跟另一個很像她同夥的人等著下一輪。那時候的自助洗衣店整個客滿，我緊張兮兮的盯著那些烘乾機，打算只要其中一台停下來，我就捧著手邊這一籃濕衣服衝過去。要知道，我已經捧著這籃濕衣服在店裡晃了半個多鐘頭，還是等不到機會。這中間雖有一兩台烘乾機空出，但總有人手腳比我更快，搶在我前面。

我簡直要抓狂了。我說過，那天下午我不清楚我兩個孩子究竟在哪裡，也許我得趕去哪裡接他們，但時間愈來愈晚了，這是我心煩意亂的原因。因為我知道就算能夠把衣服送進烘乾機，也還得等一個小時烘乾，才能裝袋回家，回到我們住的學生公寓。好不容易，我終於看到有一台烘乾機停了，而且它剛好就在我位置的正對面。機器裡的衣物停止翻轉了，就這麼靜靜的待在裡面。我打算要是再過三十秒還沒有人來取，就要把那些衣服搬出來，換上我自己的。這是自助洗衣店的規則。但是就在這時候，有個女的走過來，打開烘乾機的門。我站著等，看她把手伸進那裡面抓住幾件衣物。顯然地，她認為衣服還沒乾透。於是她關上門，又投了幾枚硬幣進去。我只好茫然的推著小推車走開，繼續等。到現在我還記得當時那一刻，我陷入無力的挫折感當中，幾乎要哭了。在那一刻，這世上沒有任何事物——老兄啊，沒有任何一樣事物——感覺比這件事更迫近、更重要、更能改變我的人生——那就是，我永遠都會有這兩個孩子在，我會處在這樣一個責任擺脫不掉，不斷遭受干擾的位置上，永永遠遠。

我現在說的是真正的「影響力」。我在說月亮和潮汐。它就是這樣衝著我而來。就像窗戶被吹開時的那一陣疾風。在到達我生命中的那個關鍵點之前，我一直在想，到底想什麼，我也說不上來，只是覺得事情終究會有辦法解決——我所希望的或是想要做的事情終究會有心想事成的一天。但在那一刻，在自助洗衣店裡的那一刻，我發現，那是不可能的。我發現——之前我到底在想些什麼？——我的人生絕大部分沒有什麼大改變，永遠是混亂，沒有光亮。也就是在那一刻，我深切的感覺到——應該說我終於知道——我過的生活跟我羨慕的作家生活相去太遠。我明白一個作家不會把每個星期六的時光耗在自助洗衣店裡，也不會把一天醒著的時間都拿來繞著孩子們的需求和情緒打轉。當然，當然也有很多作家在寫作上遭遇到更加嚴重的阻礙，包括入獄、失明、各種折磨或是受到各種形式的死亡威脅。但是就算知道這些也沒用，也不會讓我得到任何慰藉，只能說在那一刻——我發誓，這一切真的就是發生在那間自助洗衣店裡——我看不見任何前景，只看到年復一年不間斷的責任和混亂。或許，情況會有些變化，可是絕對不會真的變好。我了解這一點，但我撐不撐得下去？在那一刻，我明白我必須做好自我調適，必須把眼光放低。事後我發現，自己確實已有了這份認知。然而，有認知又如何呢？認知算什麼？認知幫不了我，它只會加重我的困境。

多年來我和我太太都堅持一個信仰，如果勤奮工作，盡量做好事，做對的事，那麼好事就會臨門。雖然在生活上很難講什麼是對或不對，但我們相信，若能勤奮工作、設定目標、積極進取、誠信以待，就是在做對的事，有朝一日一定會有所回報。我們也夢想著一切終能如願。但是最終，我們發現勤奮工作和夢想是不夠的。因為後來在某個地方，大概是愛荷華吧，還是接下來的沙加緬度，我們的夢想一個個破滅了。

隨著時間流轉，所有我和我太太奉行不輟的，所有認為值得尊崇的，所有精神的價值，全部崩潰了。可怕的事情終於降臨到我們頭上。這件事我不確定別的家庭是否也會發生，但我們簡直無法理解怎麼可能發生在我們家。那是一種腐蝕，是我們無能為力的腐蝕。總之，不知道怎麼搞的，就在我們不留神的時候，已經讓兩個孩子占上了駕駛的位子。現在想想簡直不可思議，轡繩和鞭子全都握在他們手裡。我們連想都想不到會發生這樣的事。

在為人父母的恐怖歲月裡，我總是沒有時間、沒有心思去考慮任何長篇創作。當時我的生活狀況，照D．H．勞倫斯⑭的說法，就是「忙到昏天暗地」，根本不允許我去想寫作的事。生活中有這兩個孩子，決定了我走上其他的路。他們說我要是真想寫作，

⑭ David Herbert Richards Lawrence，1885-1930，最重要也是最具爭議性的一位英國作家，作品有《兒子與情人》，《查泰萊夫人的情人》等。

完完整整的寫些東西，那就得改弦易轍，寫一些短篇和詩；寫一些只要有時間坐下來就能寫的短篇故事，如果運氣好，寫得順，那我很快就能把它寫完。其實在更早以前，甚至在住到愛荷華之前，我就明白寫長篇對我來說很難，因為我沒辦法長時間的專注。現在回頭看，我發覺在那段拮据艱困的歲月裡，我正緩慢地邁向瘋狂。總之，形勢決定了我的寫作形式，在最大的、可能的範圍裡，我只能如此。我發誓，此時寫下這些絕非埋怨，我只是抱著沉重疑惑的心情陳述這個事實。

假如我能夠集中心神、集中精力在一部長篇小說上，我想我也沒辦法等到收成的那一天——如果真有這一天，我可能得望著茫茫未來，等上好幾年。通常我想寫的時候，就必須馬上坐下來，寫出一些馬上就可以完成的東西；若是今晚想寫而寫不得，頂多也只能拖到明晚，不能再延後，而且必須趕在我忙完回家之後、失去興趣之前。在那段時間，我總是打一些零散的爛工，我太太也一樣，不是當餐廳服務生，就是挨家挨戶的推銷東西，直到幾年後她開始教高中——不過那是好幾年以後的事了。我呢，在鋸木廠待過，也當過大樓管理員，送貨員，在加油站打工，在庫房打掃……只要說得出的，我都幹過。有一年夏天，在加州的阿克塔——這是千真萬確的——我為了養家活口，白天的時間都在採鬱金香；晚上在餐館打烊之後，我還到一間得來速餐廳做內勤和清掃停車場的工作。有一次我甚至考慮應徵收帳員——那份招工的申請書就擺在我眼前，足足讓我猶豫了好幾分鐘！

在那些日子裡，我只要能夠在工作和顧家之餘擠出一兩個小時，就是不可多得的好運。那簡直是天堂；那一兩個小時令我興奮極了。不過，有些時候，因為某個原因，沒辦法偷得這個時間，那我就會巴望著星期六；雖然不時的還是會有些突發狀況來攪局，但還有星期天可以盼望。嗯，或許星期天。

也就是在這種形勢下，我實在看不出自己能夠寫長篇小說，換句話說，我根本沒有寫長篇小說的本錢。在我來說，寫長篇小說的作家應該是生活在一個合情合理的世界，一個作家可以相信、有目標可以瞄準，然後精確的描寫出來的世界。那是個最起碼在一段時間裡固定待在某處不移動的世界；同時必須有一種信念，相信這個世界最基本的正確性，相信這個熟知的世界具有生存的意義，值得書寫，不會在寫作的過程中煙消雲散。然而，這可不是我熟悉的世界，也不是我生活中的世界。我的世界似乎是隨時變遷、方向不定，由著它自己的規則，每天都在變化。這讓我對未來的計畫最遠不能超過下個月的第一天，因為我一天到晚都在籌錢，不擇手段的找錢，為了繳房租，為了供兩個孩子上學穿的衣服。這都是實話。

其實我也很想看到自己在文學上的努力能有一些實質結果。不做口頭承諾，不給遠期支票，我只能蓄意的，也是必要的，限定自己寫一些我知道只要坐一下（頂多兩下）就能完成的東西。我現在說的，都是指初稿的部分。但對於修潤，我總是相當有耐心。在那個時候，我快樂的期盼著修改，我樂意花上時間修改。就某方面來說，我不想把手邊的一個短篇或一首詩很快結束的理由是，結束代表著我又必須找時間、找信心，來開始另一篇新的東西。所以每當我完成初稿之後，我會用極大的耐心慢慢的修改。我會把一篇稿子擱在屋子裡擱很久，修修改改，這裡增加一點，那裡刪掉一點。

這種散漫的寫作方式持續了將近二十年。當然，其中也有些許好時光；一些只有做父母的才有幸參與的快樂和滿足。但是，如果要我再重新過回那段時光，我寧可先吞下毒藥。

我現在的生活狀況大不同於以往了，但「選擇」的卻還是寫短篇和詩。這有可能是出於我對自己的認定，也或許是那段時間裡寫作的習慣使然。說不定也是因為我現在對於有大把時間可以揮霍的這件事，仍然無法適應——現在真的想寫什麼都行！完全不必擔心我的椅子從屁股底下被人抽走，也不必擔心孩子尖聲喊叫為什麼晚餐還沒上桌。但這一路上我體認了一些東西。其中一樣就是，我必須能夠彎腰，否則就會斷掉；不過我也體認到，即使彎了腰的同時，我還是可能斷掉。

我要來談談另外兩個對我人生有實際影響的人。一個叫約翰．加德納，他是一九五八年秋天我報名契科州立大學寫作班，教授初級小說寫作的老師。當時，我和我太太還有兩個孩子剛剛從華盛頓州亞奇馬搬到加州一個叫做天堂城的地方，就在契科市十哩外的小山丘上。當然，一方面是為了便宜的租金，另一方面我們認為住到加州是不得了的大冒險（在那段時間，甚至在那以後的很長一段日子裡，我們一直嚮往著大冒險）。那時候我還是必須賺錢養家，但同時也計畫半工半讀的上大學。

加德納剛剛從愛荷華大學拿到博士學位，而且我知道，他已經寫了幾本尚未出版的長篇和短篇小說。在這以前我從沒認識過任何一位寫長篇小說的作家，不管作品有沒有出版過，我一個也不認識。上課的第一天，加德納叫我們大家走出教室，坐在草坪上。當時我們大概六、七個人，我記得。他要我們說出自己喜歡的作者名字。那些作者名字我現在一個也記不得了，也可能那些名字根本都不正確吧。他直言無諱的說，他認為我們沒有一個會成為真正的作家，因為他看不出我們當中誰有那一把非有不可的「火」。不過他仍會盡一切的努力，即使很明顯的，沒有什麼好期待。然而他的話裡還是有所暗示，他說我們就要出發了，可得把帽子抓穩啊。

我記得在另一次課堂上他說，他對於那些發行量大的雜誌嗤之以鼻，連提都懶得提。他帶了一堆「小」雜誌，全是文學季刊，他要我們好好讀讀這些雜誌裡的作品。他告訴我們，這才是國內出版的最佳小說和詩作。他說在教我們如何寫作的同時，也要教我們該認識哪些作家。他自負到了一個極點。他給我們一份他認為頗有價值的小雜誌名單，跟我們一起研討，逐個加以講評。當然，這些雜誌我們誰也沒聽說過，是看了名單才知道它們的存在。我記得他說過一句話，也許就在當時，但也可能是在一次會議席上，他說作家是造就出來的，也是天生的（真的嗎？天哪，我到現在都不知道。我想每個在教寫作，而且把寫作認真當一回事的作家，對於這個說法應該有某種程度的相信吧。既然音樂家、作曲家、視覺藝術家都能有學徒——作家為什麼不可以？）。當時我大為震撼，即使到現在仍然是，老實說，我對他的一言一行印象都極為深刻。他會拿著我最初的習作跟我一起閱讀。我還記得他一直很有耐性，希望我了解他說的意思，一遍一遍的告訴我用對的字表達自己的意思是多麼的重要。絕對不可有絲毫的模糊、含混，不可有讓人摸不著頭緒的文句。他不斷向我鼓吹使用「普通話」（我實在想不出其他說法）的重要性——而這個，就是一般正常的用語，就是我們平常跟人對話的語言。

最近我們才在紐約州伊薩卡聚餐，我跟他說起當年在他辦公室裡上的那幾節課。他竟回答我說，當時他告訴我的每件事有可能全是錯的。他說，「我對許多事都改變了想法。」而我只知道，當時他給我的那些忠告，正是那時候的我最需要的。他是位非常棒的老師。在我生命中曾經有過這樣的一個人，肯認真坐下來陪我一起討論一篇不成氣候的稿子，真是一件不得了的大事。當時我就知道有什麼決定性的事要發生了，關鍵的時刻來臨了。他幫助我，讓我看到了正確說出想說的話是多麼重要；沒有必要用一些「文學」的字彙或是「偽詩性」的語言。他不厭其煩的向我解說兩者的不同，譬如說，「wing of a meadowlark」和「meadowlark's wing」。同樣是野雀的翅膀，但聲音和感覺就不一樣，不是嗎？還有，譬如「ground」和「earth」。ground就是ground，他說，這個字的意思就是「土地」之類的玩意兒。如果用了「earth」，那就是另外一回事了，這個字有著其他很多的延伸含義。他教我在寫作中應用縮短的句子。他指點我如何用最少的字說出我真正想說的話。他讓我明白短篇小說裡的每一件事都重要，就連逗點和句號往哪放都不能馬虎。他給我各種各樣的幫助——甚至把辦公室的鑰匙也給了我，好讓我每個週末有地方習作——還得忍耐我的莽撞和瞎扯，我真的感激不盡。事實上，他，就是一種影響力。

*

十年後我仍舊活著，仍舊跟我的孩子住在一起，仍舊偶爾寫個短篇或詩。我把其中一個短篇寄到《君子》（*Esquire*）雜誌，我這麼做是想暫時放下這篇稿子，不去想它。不料稿子被退回來，同時還附了一封戈登・里許（Gordon Lish）的信，他是當時這份雜誌的主編。他說他退回這篇稿子。他沒有表示歉意，沒有所謂的「不得已」；他就是退回了。不過他希望能看看其他的短篇，所以我立刻把手邊所有的稿件都寄了去，不久後，他也同樣的立刻把所有稿子都退回來，但是隨同退稿附上了一封很友善親切的信。

當時是七〇年代初期，我三十出頭，跟家人住在帕勒奧圖時，終於獲得了第一份白領工作——我在一家出版教科書的公司當編輯。那時候，我們住在一棟後面有舊車庫的房子裡。前任房客在車庫裡蓋了間遊樂室，我每天吃過晚餐都會騰出一些時間到車庫寫點東西。就算什麼也寫不出來（其實經常如此），我還是會一個人坐在裡面待上好一會兒，心懷感謝，可以這樣暫時遠離屋子裡那永無休止的吵鬧聲。我當時在寫一個短篇，叫做〈這些鄰居們〉（"The Neighbors"）。完稿後我就寄去給里許。幾乎立刻有了回信，他在信中表示對於這篇他喜歡極了，他要把這個篇名改成〈鄰居〉（"Neighbors"），還要推薦給雜誌買下來。果然，這篇被買下來了，這對我來說，可真是天大的事。《君子》雜誌很快又買下了另外一篇，接著又一篇，再一篇。這期間，詹姆斯・狄基⑮當上了雜誌詩集部的主編，他開始接受並且刊載我的詩稿。就這方面來說，情況大好。但是我兩個孩子吵死了，就像我時刻都被賽馬場群眾的吶喊聲包圍一樣，他們簡直在生吞我。我的生活很快又陷入了水深火熱，一個急轉彎，在岔路上卡住了。我無路可走，既不能退也不能進。也就在這段時間，里許收集了我的一些短篇，拿去給麥格羅希爾（Mcgraw-Hill）出版公司，他們出版了這些短篇。但我仍舊卡在那裡，動彈不得。即使曾經有過那麼一點火花，到頭來也全熄滅了。

對我有影響力的，是約翰・加德納和戈登・里許。他們兩個的影響力無可比擬。但我兩個孩子也是。他們倆才是最主要的影響力，也是我人生和寫作上最主要的推手，最主要的定軸。可想而知，到今天我仍舊處在他們兩個的影響力之下，雖然現在天已經比較晴朗了，安靜也不成問題了。

⑮ James Dickey，1923-1997，美國詩人，小說家。

4 約翰．加德納：作家老師

那是很久以前，一九五八年的夏天，我和我太太還有兩個小貝比從華盛頓州亞奇馬搬到加州契科市外圍的一個小鎮。我們找了一間老房子，月租二十五元美金。為了這次的搬家費，我不得不向一位常替他跑腿送處方的藥商借了一百二十五美金，這人名叫比爾．巴登。

這也順帶說明了那段時間我和我太太身無分文的窘境。為了生活我們必須非常節省，但我們的計畫就是我要去當時叫做契科州立大學的學校上課。時間再往前推，早在我們搬到加州尋求不同的生活，在這一大塊美國派裡尋找屬於我們自己的那一小塊之前，我就想當一名作家了。我想寫，我什麼都想寫——當然是寫小說，還有詩、戲劇、腳本，為《野外運動》、《真理》、《大船》、《男子漢》（這都是我當時看的一些雜誌）寫些小品，替地方報紙寫寫雜文——只要是能夠把字堆疊起來變成連貫的句子，只要有人（我自己除外）感興趣的任何東西，我都想寫。然而，到了我們搬家的時候，我打從心底覺得，要走作家這條路就非得接受一些教育不可。那個時候，我對教育非常看重，遠比現在來得重視——這是真的，因為我現在年歲大了，而且也已受過教育，所以沒以前看得那麼重。大家也知道我家裡沒有人上過大學，甚至連讀到義務高中八年級的也不多。我呢，什麼都不懂，但我也知道自己什麼都不懂。

我抱著這股求學的熱忱，和寫作的超強欲望——就因為這個超強的欲望，加上在大學受到的鼓舞，和自己內在的領悟，才讓我持續寫下去。即使長久以來「理智」和「冷酷的事實」——也就是我的「現實」生活——一而再的告誡我應該收手，停止作夢，應該乖乖的向前走，轉行去幹點別的事，我還是繼續寫作。

那年秋天我在契科州立大學註冊，除了選修一般大一生必修的課程之外，我還選了一門叫做「創意寫作入門」的課。教這門課程的是一位新來的老師，名叫約翰·加德納，這位新老師在當時就很有那麼一點神祕感和浪漫的傳聞。據說之前他曾在歐柏林學院任教，離開那裡的原因不詳。有個學生說加德納是被開除的——學生，就跟一般人一樣，對於謠傳和八卦非常帶勁——另外一個學生說加德納純粹是因為一時衝動而離職。還有人說他在歐柏林教的課太多，每學期總要上四、五班的大一英文，害他沒時間寫作。因為據說加德納是一位真正的、如假包換的作家——是個寫過長篇和短篇小說的人物。總而言之，他即將在契科州大教創作入門，而我也報了名。

能看到一位真正的作家授課太令我興奮了。之前我從沒親眼看過一位作家，這讓我又敬又怕。不過，在哪裡可以看到他那些長篇和短篇小說呢？我很想知道。好像都還沒有出版。聽說他的作品還找不到人出版，所以他把它們裝在盒子裡隨身帶著跑（我在成為他的學生之後，看過那些盒裝的稿子。這是因為加德納發覺我找不到地方好好寫稿的難處；他知道我要養家，住的地方又擠又小，就把辦公室的鑰匙給我。我把這份禮物看作我人生的轉捩點。這不是一份隨隨便便的禮物，我接受了，我想，就該把它當成一個使命看待——確實也是如此。每個週六週日我都會在這間辦公室裡耗掉一些時間，他裝稿件的盒子就藏在這間辦公室裡。那些盒子堆在辦公桌邊的地板上——《鎳山》，一個盒子上用油彩鉛筆寫著這幾個字，而這也是我現在唯一記得的標題。我就是在他的辦公室裡，看著他那些尚未出版的文稿，開始了我最初、最嚴肅而認真的寫作）。

我第一次見到加德納的時候，是在女子體育館裡的註冊組，他坐在一張辦公桌後面。我在班級名冊上簽了名，拿到一張上課證。他看起來完全不像我想像中作家該有的樣子。說實話，當時他的穿著和外貌很像一個長老會的牧師，或是聯邦調查局的人。他總是穿黑西裝，白襯衫，打領帶，理著平頭（不像當時我那個年紀大多數的年輕人，留

「DA」式的髮型——就是「Duck Ass」（鴨屁股）——把頭髮順著腦袋兩邊全部往後腦勺梳攏，再用髮油把它抹得服服貼貼）。我的意思是加德納看起來非常中規中矩，就連他開的車也符合這個形象。那是黑色四門雪佛蘭，有著四個黑圈輪胎，是一輛沒有任何配備，甚至連收音機都沒有的「陽春」車。等到我跟他熟了，他把鑰匙交給我，我把他的辦公室當成固定的寫作場所之後，我會在星期天早上坐在他面窗的辦公桌前，用他的打字機打字寫稿。每逢星期天，我也一定會看著他把車子開過來停在外面的街上。然後加德納和他第一任太太瓊安下了車，兩人都穿著莊重的黑色衣服，由人行道走向教堂，去做禮拜。一個半鐘頭之後，我會看著他們走出教堂，再由人行道走回他們的黑色座車，坐上去，開走。

加德納理平頭，穿著就像牧師或調查局的人，每週日必上教堂——但是在別的方面，他一點也不傳統。他第一天上課就打破「傳統」；他是個菸槍，在課堂上不停的抽菸，用一只金屬字紙簍權充菸灰缸。在那個年代，哪有人敢在課堂上抽菸。跟他共用一間教室的同事告了他一狀，加德納只對我們說了那人自私小器，接著，他便打開窗子，繼續抽菸。

在課堂上，他對於有心要寫短篇小說的人開出的要求是：一個短篇，十到十五頁的長度。對於想寫長篇小說的人——我認為肯定有一兩個是的——至少要二十頁的一個章節，再加上其餘部分的大綱。最嚴格的地方是，無論短篇或長篇的一個章節，在整個學期裡都有可能修改十遍以上，一直修到加德納完全滿意為止。這是他的基本教義，一個作家要從「看見」自己所寫的文字當中發現自己想要說的東西。至於如何做到「看見」，或者能愈看愈明，就是靠修正。他相信修正，永無休止的修正；這一點是他非常看重的，他覺得對所有的作家，不管他們發展到哪個階段，這都是最重要、不可或缺的一件事。他好像從來不會對重複閱讀學生的作品失去耐心，即使這篇稿子之前已經審過了五次。

我想他在一九五八年對於短篇小說的看法到了一九八二年仍舊沒變——那就是故事裡一定要有很清楚的起承轉合。三不五時他會走到黑板前面，畫一個圖表，顯示他在一篇故事當中情緒表達的高低起落——頂峰，谷底，平靜，轉折，結局，諸如此類。我很用心聽課，說實在，當時對於他寫在黑板上的那些東西，我真的沒太大興趣，或者說對這方面根本不太懂。不過他在課堂討論上喜歡用什麼方式批評學生的作品，我就真的懂了。比方說，加德納會大聲質疑作者為什麼明明寫一個跛子，卻留到結尾才說出他是個跛子。「所以你認為這是個好點子，讓讀者非要讀到最後一句才知道這人是跛子？」他的口氣明白的表現他不苟同，半秒鐘不到，班上所有的學生，包括那個作者在內，全都知道這絕不是個好點子。凡是把重要的、必要的訊息，為了在小說結尾能收到驚嚇的效果而藏起來不給讀者知道，就叫做「作弊」。

上課的時候，加德納經常提到一些我完全不熟悉的作家，或者只知道名字、從沒讀過他們作品的，像康拉德⑯、塞利納（Céline）、凱瑟琳·安·波特（Katherine Anne Porter）、伊薩克·巴別爾、瓦特·克拉克（Walter Van Tilburg Clark）、契訶夫、霍坦斯·卡利希爾（Hortense Calisher）、寇特·哈奈克（Curt Harnack）、羅伯特·潘·華倫（Robert Penn Warren）。我們讀過華倫的一個短篇叫做〈黑莓果的冬天〉。不知道什麼原因，我並不喜歡這一篇，我照實告訴加德納。他說：「你再去讀一次。」他沒在開玩笑，他是認真的。此外，他也經常提到威廉·蓋斯⑰。他當時正在籌劃一本雜誌《*MSS*》，就快出版了。威廉·蓋斯的〈彼得森小子〉登上了第一期。我開始閱讀故事原稿，可是我看不懂，於是我又向加德納抱怨。這次他沒叫我再讀一次，而是直接把稿子

⑯ Joseph Conrad，1875-1924，生於波蘭的英國小說家，被譽為現代主義先驅，作品有《黑暗之心》，《吉姆爺》等。

⑰ William H. Gass，1924-，美國小說家，擅長短篇小說、散文、評論等。

從我手上抽走。他談起詹姆斯．喬伊斯、福樓拜和伊薩克．狄尼森的時候，彷彿他們就住在尤巴市這條大街上似的。他會說，「我教你們該怎麼寫，也教你們該讀誰。」上完他的課，我總是茫然的走出教室，直接到圖書館搜尋他談到的所有這些作家的書目。

海明威和福克納在那個時候是當紅的作家。但是這兩個人寫的書我大概最多只讀過兩三本。他們名氣太大，談論的人太多，其實他們的作品不見得統統都是最好的，對吧？我記得加德納告訴過我，「福克納的書，只要手邊拿得到的就盡量去讀，然後再讀海明威的，用所有海明威的作品清理掉你系統裡原來的那些福克納。」

他向我們推介一些「小眾的」或是文學期刊類的東西。有一天他帶了一盒子刊物到班上傳閱，讓我們熟悉它們的名字，認識它們的長相，感覺把它們握在手裡的分量。他告訴我們全國最好的小說、詩篇幾乎全在這些刊物裡面。小說、詩、文學小品、新書書評，還在世的當代作家對其他還在世的當代作家所做的評比。在那個年代看到這些東西令我大感興奮。

他還為班上我們這七、八個人訂購了很重的黑色文件夾，他說我們應該把自己的寫作收在文件夾裡。他的作品就是夾在這種夾子裡，他說，我們當然適用。我們帶著這些夾了稿件的文件夾，感覺自己變得特別了，變得與眾不同、獨一無二起來。而事實也是如此。

我不知道加德納跟其他學生開會討論他們的作品時，是怎樣的情形。我懷疑他對每個人都給予極大的關注。但我印象中還是認為，在那段時間，他看待我寫的短篇要比我的預期來得更加認真、更加仔細、更加嚴謹。我當時完全沒有心理準備會受到他那樣的批評。在我們的課堂討論之前，他已經審閱過我的稿子，刪掉一些不當的句子、片語、單字，甚至標點符號；他要我了解這些刪除都是不可以通融的。他也會毫不猶豫在我稿子的這裡那裡添加一些東西，可能是一個或幾個字，或一整個句子，把我想說的話說得更加清楚。我們討論稿子裡所有的逗點，好像在那一刻全世界只有這件事才是大事——事實上，也確實如此。他總會找出一些值得稱讚的地方。也許一個句子、一個對話，或者一個他喜歡的橋段，一些他認為「有效果」的、讓故事流暢或出人意表的東西；他會在稿子邊緣寫上「優！」或是「好！」，一看到這類評語，我的心就飛起來了。

他逐字逐句的給予我精闢的評語，告訴我這些評語背後的理由：為什麼要改成這樣，而不是那樣——這一切對於我日後邁向作家之路的發展非常寶貴。我們總會在詳盡的討論完文本之後，再擴大探討的層面，提出那些為了製造亮點而出現的「問題」，一些想要解決的衝突，還有故事這麼被書寫到底合不合適，以及它本身結構等等的大方向。他的信念是，如果一個故事因為作者的愚鈍、草率、情緒化而語意不清，這個故事就嚴重殘廢。不過還有一種更糟糕的、非避開不可的東西：如果文字和感情不誠實，全憑作者造作出來，寫一些他根本不在乎也不相信的東西，那麼這樣的作品也絕不會有誰在乎。

一個作家的價值和技藝——這兩樣東西是加德納先生所傳授、所主張的，也是我在那一段短暫卻重要的時光和往後所一直遵奉的。

加德納寫的《大師的小說強迫症》（*On Becoming a Novelist*），是他在一九八二年九月十四日猝死之前完成的作品，對我來說，這是關於如何成就並持續作為一個作家，最有智慧而誠懇的論述。作家之路是靠常識、度量，和義無反顧的價值觀養成的。任何一個人讀了都會被他絕對不留餘地的誠實震撼，也會為他的幽默和開放折服。整本書裡，只要稍微用心，就會發現他不停的說：「那是我的經驗……」那是他的經驗——也是我的經驗，在我擔任創意寫作課老師這個角色時的經驗——我認為，寫作上的某些方面是可以傳授的，尤其是對於一些想寫作的年輕人來說。而這個觀念，對於有志於教育和創作的人來說，也不該覺得意外。很多優秀的，甚至偉大的指揮家、作曲家、微生物學家、芭蕾舞蹈家、數學家、視覺藝術家、天文學家，或是駕駛戰鬥機的飛行員，他們都是從老一輩、更有成就的先進們那裡學習來的。上創作課就像上陶藝或醫學課一樣，上課本身並不能讓誰成為偉大的作家、陶藝家或是醫生——甚至連「擅長」兩個字都達不到。但是加德納也堅信，上課絕不會有損於你的機會。

然而，教寫作這堂課或學這堂課其實有一層危險——這又是我的經驗之談——就是對於年輕的寫作人有過度鼓勵之嫌。但是從加德納那裡，我領悟到這個風險值得一試，它總比不願去嘗試而錯失良機來得好。加德納付出，不斷的給予，即使年輕創作者的表現起起伏伏，就如同所有正在學習的年輕人所表現的那樣，他仍不吝給予。一個年輕的寫作人當然需要鼓勵，我甚至覺得需要比一般年輕人更多，比一般進入其他行業的人還要多。不過當然，這份鼓勵必須誠懇誠實、絕對不可浮誇。他這本書之所以特別好，就在於它鼓勵的內容和方式。

失敗和失望在我們很多人身上都尋常可見。而在人生當中，懷疑自己會意外落敗，懷疑事情沒能照著自己的計畫走，也都是肯定會出現的狀況。在你十九歲的時候，你大概已經頗為清楚自己無法成為哪一種人；然而通常要等到三十歲後邁入了中年，你才能夠真正深刻地看清楚這種侷限。沒有哪一個老師或是哪一種教育，能夠把一個原本不能成為作家的人造就成一位大作家。不過不管從事什麼行業，追求什麼目標，都會有挫折失敗的風險。失敗的警察、政治人物、將官、室內設計師、工程師、公車司機、編輯、文學經紀人、生意人、編籃子的師傅，比比皆是。當然也有許多失敗的、心灰意冷的寫作老師，和心灰意冷的作家。約翰．加德納不在以上這些人裡面，理由何在？讀《大師的小說強迫症》便知。

我自己對他的虧欠極重，只能在這裡抒發一二。我對他的思念也非言語所能形容。但我何其有幸，能夠獲得他的評論和無上的鼓勵。

5 友誼

嘿嘿，看這張照片，這幾個傢伙真開心啊！他們在倫敦，剛剛在國家詩韻中心對著爆滿的觀眾朗讀完畢。英國報章雜誌許多名嘴和書評已經叫囂了好一陣子，說他們幾個是「不入流的現實主義者」，但看看他們——理查・福特⑱、托比・沃爾夫⑲和瑞蒙・卡佛，他們根本沒把這個放在心上。他們不覺得自己屬於哪一個流派。

他們確確實實是朋友。他們的作品中確確實實有著相同的關注。他們認識許多相同的人，也經常在相同的雜誌上發表作品。但是他們並不把自己看作是在發起某種運動，做打頭陣的人。他們是快樂在一起，感恩在一起的朋友和同行。他們知道所有的事物都

⑱ Richard Ford，1944，美國作家，曾獲普立茲小說獎，作品有《賽狗場的女人》等。

⑲ Toby Wolff，即Tobias Wolff，著作《這個男孩的生活》（*This Boy's Life: A Memoir*），曾改拍成電影。

有運氣的成分，他們知道他們就有這份運氣。他們也像其他作家一樣自負，總以為這份運氣是他們應得的——所以往往運氣來的時候，他們並不感到意外。他們三個人都出過幾本長篇、短篇和中篇的小說，也出過詩、散文小品、劇本和書評。然而他們三個的作品風格，卻像海風和海水，南轅北轍，大不相同。就是這些同與不同，和其他的一些說不出來的差異，促使他們成了好朋友。

他們在倫敦能有這麼長一段相聚的時間，大家也都不急著回家——一個是住紐約雪城（沃爾夫），一個住在密西西比科荷馬（福特），一個是在華盛頓安吉利斯港（卡佛）——主要是因為這次三個人在英國都有新書發表。他們的書各有千秋，但這些作品確實有一個共通點：都是非比尋常的好書，對世界極具意義——至少我這麼「認為」。我想，即使有一天我們不再是朋友（上帝不會這麼無情吧），我還是會繼續這麼「認為」。

此時重看三年前在倫敦朗讀會後拍的這張照片，我的心依舊感動，我兀自以為友誼是一種永續不斷的東西——確實如此，直到抵達某個點之前。好，回頭看這張照片，很清楚的，照片中的三個人很開心。看得出他們當時最嚴重的一件心事就是：不知道那位攝影師什麼時候才能辦完他的「公事」，好讓他們離開現場，一起去找他們的「樂事」。他們對於那天晚上早有了計畫，也不允許這個歡樂時光到此為止。他們不在乎黑夜、不在乎疲勞，也不管有什麼漸進的（或突發的）延誤，只知道三個人太久沒見面了。他們唯一期待的，就是三人在一起，完全做自己——簡單一句，做好朋友——他們要的就是這個，繼續下去，直到永遠，「直到抵達某個點之前」——誠如我所說的。

這「某個點」就是死亡。這對當時照片裡的三個人來說，是他們心中最最遙遠的一個點，想都不曾想過。但是，當他們獨處時，不像在倫敦那樣聚在一起，暢快玩樂時，這個點離他們就不是那麼遠了。事情總會慢下來。事情總會到達一個終點。人生總會結束。很可能照片中的三個人，只剩下兩個人在看著遺容——第三個人的遺容，就在那一刻到來的時候。這個念頭教人悲傷恐懼。但是這件事只能二選一，埋葬的不是你的朋友，就是你自己。

想到友誼的時候，讓我興起了這樣悲涼的念頭；就某方面來看，友誼很像婚姻——等於另一個共享的夢境——參與夢境的人必須有信念和信心，好相信「它」可以走到永遠。

對配偶，或情人的感覺，就跟朋友一樣：你一定會記得你們相遇的時間和地點。我是在達拉斯希爾頓飯店的大廳，經人介紹認識了理查．福特，那次有十幾個作家詩人在飯店聚會，管吃管住。我們有一個共同的朋友，詩人麥可．萊恩——這很像一張網，就是他邀請我們參加南方衛理公會大學的一個文學節慶，我們才會相識。老實說，我在舊金山上飛機的前一天，都還不知道自己是不是有勇氣飛往達拉斯。因為我才在幾個月前剛戒掉了六年不要命的瘋狂酗酒；人是清醒了，但還是會發抖。

然而理查．福特，渾身充滿自信。他的舉止、服飾，甚至談吐都優雅無比——帶著南方特有的斯文氣質。我敬重他。也許，甚至我希望我能夠是他，因為很明顯，他有的我統統沒有！而且，我讀了他的長篇小說，《我心一隅》（*A Piece of My Heart*），我很喜歡，我很樂意把我的想法告訴他。而他對於我的短篇小說很熱中。我們聊得非常投機，可惜那晚時間有限，不得不握手道別。第二天一早，我們又在飯店的餐廳遇見對方，兩人同桌吃早點。理查點的餐我到現在都還記得，是鄉村火腿餅乾三明治，還有玉米糊和肉醬汁。他用「是的，女士」、「不用了，女士」和「謝謝你，女士」的措辭對女服務生說話。我喜歡他說話的方式。他還讓我嘗了嘗他的玉米糊。一頓早餐我們天南地北無話不談，感覺上，就像人家講的，一見如故。

接下來的四、五天，我們盡量找時間相聚。最後一天道別的時候，他邀我去普林斯頓看看他和他的太太。婉轉一點說，我前往普林斯頓的可能性微乎其微，但我還是跟他說我很期待。然而最重要的是，我很清楚自己交到了一個朋友，一個好朋友。是那種可以不惜一切的朋友。

兩個月之後，一九七八年一月，我住進了佛蒙特平原鎮戈達德大學園區。托比・沃爾夫，他這人的緊張焦慮跟我不相上下。他住的小房間就在我的房間隔壁，我們住在同一棟類似軍營的樓層裡，這兒原先是給那些選擇念普通大學的富家子弟住的地方。我和托比，我們來這裡只住兩個星期，回家後再以函授的方式，協助五、六個研究生寫短篇小說。當時氣溫華氏零下三十六度，地上積雪有十八吋，平原鎮簡直是國內最最寒冷的一個地方。

對我來說，我和托比在一月份來到佛蒙特戈達德大學這件事，最感到驚訝的人大概就是我們自己了。托比會來這裡是因為預定要來的那位作家病了，不得不臨時取消行程。那位作家推薦由托比暫代。企畫主任艾倫・佛伊不但在未謀面的情況下邀請了托比，更離奇的是，她竟也冒險找了一個還在恢復期的酒鬼。

進駐「軍營」的頭兩個晚上，托比嚴重失眠，睡不著覺。我欣賞他對待這件事的態度，他並不抱怨，甚且還很幽默的說乾脆甭睡了。而我受他吸引的理由，可能是他的脆弱，在某些方面他似乎比我更脆弱，這就特別了。我們處在一堆作家和教職員之間，其中不乏全國最卓越最有名氣的人士。托比還沒有出過書，雖然他在文學刊物上發表過幾個短篇；而我已經出了一本書，更精確地說，應該有兩三本吧，但有好長一段時間沒寫了，實在不太像一個作家。記得某天早上五點醒來，焦躁到難以忍受，我發現托比坐在廚房餐桌吃三明治喝牛奶。他看起來精神很差，好像幾天沒睡覺，事實也的確如此。我們兩個半斤八兩，很高興成為一對難兄難弟。我替我們倆沖泡了一些可可，開始聊天。那天早上在廚房裡聊天似乎是件大事；外面天仍舊很黑、很冷，我們不時的聽見樹枝拍打的聲音。從水槽上的小窗看得見北極光。

剩下的那幾天，我們盡量找機會相聚，兩個人一起教一堂契訶夫的課，有說有笑。我們倆都覺得自己的運氣一直很背，不過也都覺得就快要轉運了。托比說我如果去鳳凰城一定要去找他。我當然說一定去。一定。我跟他提起不久前我認識了理查・福特，就那麼巧，福特跟托比的哥哥喬佛瑞是好朋友，一年多以後，我自己也認識了喬佛瑞，變成了朋友。這又是一張網。

一九八〇年理查和托比成了朋友。我很高興，我的朋友見了面，彼此都有好感，也建立了友誼。我覺得自己太富有了。我還記得理查在跟托比見面之前，曾經語帶保留的說：「我相信他是個好人，」他又說：「不過，目前我的生命裡並不需要更多的朋友。我的朋友額度已經滿了。我連老朋友都忙不過來了。」

我有兩條命。第一條命在一九七七年的六月結束，就是我戒酒的時候。那段日子我沒有太多朋友，多半只是認識而已，要不就是一些酒友。我失去了很多朋友。也或許是他們漸漸疏遠了我——誰能怪他們呢？——有的乾脆就此不見，更令人遺憾的是，我絲毫不想念他們也沒注意到他們的消失。

我會不會為了保住朋友而做出這樣的選擇呢——為了他們而必須選擇去過那種貧病交迫的生活呢？不會。那麼，我願不願意把救生艇上的位置讓出來，也就是說，為他而死，為我的任何一位朋友而死？我猶豫，但是答案還是一個很不英勇的「不」。同樣的，他們，任何一個人，也不會為我如此，我也不抱這個希望。這方面我們互相都很了解，其他方面也是。我們會是朋友，部分原因就在於我們充分了解這一點。我們彼此關愛對方，但我們對自己的關愛更多一些。

再回到這張照片。當時的我們對自我和對生活的感覺都很好。我們喜歡當作家。世上再沒有比當作家更好的事，雖然我們都有過一段過去。然而最令人得意的是，我們把

「那些」事情也都做了處理，所以現在我們可以在倫敦相聚。我們快樂得不得了，對吧。我們是朋友。而朋友，就是在相聚的時候盡情歡樂。

6 聖德蘭嘉言靜思錄[20]

聖德蘭的作品中有一句話在此時此刻愈想愈覺得有道理，所以我決定為它寫一篇靜思語錄。這句話引用在最近黛絲．葛拉格[21]的詩集上作為題詞，她是我的親密友人，也是好夥伴，今天她跟我在一起，這句話我就是從她的題詞上摘取的。

聖德蘭，這位活在三百七十三年前的傑出女子曾說：「言語引領舉止……它們為靈魂做好準備，令它就緒，將它引向溫柔。」

這段話的意境清晰美麗。容我再說一次，這個觀點以現在來看有些距離感，因為在那個比較保守的時代，對於所謂言語帶動行為的說法並不會被公開廣泛的支持：「言語引領舉止……它們為靈魂做好準備，令它就緒，將它引向溫柔。」

---

⑳ Saint Teresa Of Avila，亞維拉的聖德蘭，或譯聖女德蕾莎，1515-1582，西班牙傑出神祕教主，羅馬天主教聖人。

㉑ Tess Gallagher，1943－，美國當代詩人兼短篇小說家。她是瑞蒙．卡佛的第二任妻子。

這番話不只有些神祕，甚至——請原諒我——還有些詭異，尤其聖德蘭以如此重的分量和信念說出來。不過，這幾句話確實很像是在重複更早、更受尊崇的那一個年代的聲音。尤其提到關於「靈魂」的字眼，這兩個字我們現在在教堂以外的地方很少見到，或許在唱片行裡的「靈魂」專櫃區才有機會吧。

而「溫柔」，是另一個現在難得聽到的字眼，尤其是在這一個公開歡樂的場合。想想看：你最後一次用上這兩個字或是聽到這兩個字是什麼時候？它就跟前面提到的「靈魂」一樣奇缺。

契訶夫的小說〈第六病房〉（"Ward No.6"）裡有一個描寫得極好的角色，叫做穆薩卡，他雖然被分配在醫院精神病房區，卻一直維持著某種屬於「溫柔」的習慣。契訶夫寫道：「穆薩卡喜歡自己是個有用的人。他拿水給同伴們喝，睡覺時替他們蓋被；答應他們會給每個人一枚戈比[22]，做一頂新帽子；他用湯匙餵他左邊一個癱瘓的同伴吃飯。」

縱然溫柔這兩個字從來沒出現過，但從這些旁枝末節裡，我們都能夠感覺到它的存在，即使是後來契訶夫用這樣一段批判的文字表達他對穆薩卡所作所為的不苟同：「他這麼做，並不是出於熱心，也不是任何人性的體貼，而是模仿，無意識的受到右邊床位的格羅莫夫的控制。」

契訶夫用撩撥挑逗的方式，結合了文字和行為，慫恿我們重新思考溫柔的緣起和本質。溫柔來自何方？這樣的一個行為，不管是否已經從人性的動機中抽離，它是不是仍然能感動人心？

不知為什麼，這個孤立無援的人，沒有任何期待，甚至是在不自覺的情況下做出這些溫柔的舉動，他的形象就這樣站在我們眼前，讓我們見證了一種奇譎的美好，甚且讓我們開始對自己的生活也起了審視的作用。

〈第六病房〉裡還有一個場景，其中有兩個人物：一個是不服輸的醫生，一個是跛扈的郵政局長，也是前者的長輩，這兩人突然探討起了人的靈魂。

「你相信靈魂不死嗎？」郵政局長突然問道。

「不，令人尊敬的密海爾．阿佛耶涅奇，我不相信，也沒有理由相信。」

「其實我也很懷疑，」密海爾．阿佛耶涅奇承認。「但是我又老是覺得我好像永遠都不會死。啊，我對自己說：『老魔頭啊，你的死期到了！』但是我的靈魂裡有個小小的聲音說：『別信它；你不會死的。』」

㉒ Kopeck，蘇聯貨幣。

這一幕結束了，這些話語卻像行為般的流連不去。「我的靈魂裡有個小小的聲音」誕生了。同樣的，我們或許已經丟棄了對於生和死的某些觀念，卻突然無預警的又開始相信這個脆弱但韌性極強的本質。

當你把我說的這些話全部忘掉之後，無論過了多久，幾個星期或者幾個月，在你的記憶裡只剩下曾經參與過一個公開的大型活動，只記得這代表你生活上一個重要時期的結束，或是朝著下一個人生目標開始努力之際，請你記住，話語，正確真切的話語，確實具有行動的力量。

同時也請記住，那個很少被人用到，幾乎就要被大眾小眾拋棄的詞彙：溫柔。它不會傷人的。還有另外一個詞彙：靈魂——你叫它「精神」也行，如果這樣可以讓你在這個領域裡比較自在。所以，也請你別忘了這兩個字。千萬注意你所說所做的精神。這樣就夠了。不再多說。

第二部

一個長篇的片段

7 摘自《奧古斯丁的記事本》[23]

十月十一日

「不行，寶貝，」她冷靜的看著他說，「絕對不行。這輩子休想。」

他聳聳肩，啜著杯子裡的檸檬汁，不看她。

「你肯定瘋了，真的。」她看著另外一張桌子。現在是上午十點，每年這個時節，島上的觀光客所剩無幾。院子裡桌位大都空著，有些桌上已被服務生堆起了椅子。

「你瘋了嗎？真是這樣嗎？」

---

[23]《奧古斯丁的記事本》（*The Augustine Notebooks*），原載於《愛荷華評論》（*Iowa Review*），於一九七九年夏季（IO, No.3）。瑞蒙．卡佛後來並未再繼續創作這部作品。

「算了，」他說，「不說了。」

一隻孔雀從隔壁的市場晃過來，市場就在幾近空蕩的院子旁邊，他們坐在院子裡的座位上喝著檸檬水。孔雀停在院子邊緣的水龍頭旁邊，尖喙湊到水喉底下接著水滴。喝水的時候，牠的喉嚨一上一下的動著。喝完水，那孔雀順著幾張空桌慢慢的繞過來。霍普林往石板地上丟了一塊威化餅，那鳥從石板地上一點一點的啄食，從頭到尾沒抬起頭看他們一眼。

「你讓我想到這隻孔雀。」他說。

她站起來說，「我看你待這兒吧。反正是這麼回事。我看你是瘋了。你幹嘛不去死呢，一了百了？」她抓著包包停了一兩分鐘，就從那些空蕩蕩的桌子之間走了出去。

他向服務生招個手，那人把剛才所有的事全看在眼裡。過一會兒，服務生又在他面前擱下一瓶檸檬水和一只乾淨的玻璃杯。把她喝剩的檸檬水倒進他的杯子之後，服務生不發一語的把她的瓶子杯子全收走了。

霍普林從他的座位看得見海灣和他們的船。港口的水太淺，他們的船進不來，只能在差不多四分之一哩外的地方拋錨，就在防波堤後面，那天早上他們搭接駁船上岸。海灣入口很窄，傳說大約兩千多年前，也許更早，鋼人克羅瑟斯曾經叉著腳站在海港的入口——現在，兩條黃銅色的巨腿跨在入口處的兩邊。市場賣的明信片有些都畫著這位卡通版的巨神，來往的船隻就在大腿叉之間進進出出。

不一會兒，她回到桌位上坐了下來，彷彿什麼也沒發生過。每過一天，他們倆對彼此的傷害就更多一些。而他們也愈來愈習慣這樣的互相傷害。到了夜晚，帶著這樣的認知，在做愛的時候也變得更放縱激烈，兩個人的身體就像在黑暗中衝撞的兩把刀。

「你不會是認真的吧？」她說，「你說的那些話？說什麼住在這裡之類的？」

「我不知道。沒錯，我是說過，不是嗎？我是認真的。」

她繼續看著他。

「你身上有多少錢？」他問。

「一文不名。一毛也沒有。都在你那兒，寶貝。全都由你帶在身上。我真不敢相信會發生這種事，我甚至連買包菸的錢都不夠。」

「對不起。呃，」他頓了一下說，「我們的表情、動作甚至說話，可不可以不要像海明威筆下的角色。我會害怕。」他說。

她大笑。「天哪，你怕的居然是這個。」她說。

「你竟然帶了打字機。」她說。

「也對，這兒肯定有賣紙和筆的。哪，你看，這兒就有一支鋼筆。我口袋裡就有一支鋼筆。」他就在紙杯墊上胡亂的畫了幾道直線。「可以寫。」他首度露出笑臉。

「要待多久時間？」她等著答案。

「我還沒想過。也許六個月，也許更久。我知道有些人……可能會更久。我從來沒試過，你知道的。」他喝著檸檬水，不看她。他的呼吸緩和下來了。

「我看不行，我們辦不到的，」她說，「我不認為你可以，我看我們都沒這本事。」

「坦白說，我也認為我們辦不到，」他說，「我並不求你，逼你留下來。再過五六個鐘頭船就要開了，這段時間你做個決定吧。你不必留下來。我會把錢分一分，放心。真的很抱歉。我絕不勉強你，除非你自己願意留下來。不過我是一定要留下來了。我這一生已經過了一大半。這些年裡，唯一——唯一真正特別的事，我不知道，大概就是愛上你吧。這些年裡唯獨這件事是真正特別的。現在那部分的人生過完了，回不去了。我不相信什麼暗示，從小就不信，在我跟克莉絲汀娜結婚之前我不信這套，可是那好像是有那麼點意思。隨便你想叫它什麼。意思就是，要是我真的做了……我想只要留下來，應該會成的。我知道這聽起來有點瘋狂。我們兩個的事，我不知道，不過我很希望你留下。

你知道你對我的意義有多大。不過，今後你應該做適合你的事。在我神智還夠清醒的時刻——」他轉著手上的玻璃杯。一會兒後，他又說：「真的，我想我們是真的結束了。哪，你看看我！你看，我的手在抖。」他把兩隻手放在桌上，好讓她清楚的看見。然後他搖著頭說：「反正，外面有人在等著你。想走只管走吧。」

「就像你以前一樣，在等我。」

「是的，就像我以前一樣在等你，沒錯。」

「我要留下來，」她停了一會兒說，「要是行不通，要是不行，我們會知道的。頂多一、兩個禮拜我們就會知道的。到時候我還是可以走。」

「隨時，」他說，「我絕不攔你。」

「你會，」她說，「如果我決定要走，到時候你一定會攔著我。你會的。」

他們看著一群鴿子拍著翅膀從頭上飛過，朝那艘船飛去。

「那我們現在走吧。」她摸摸他握著杯子的左手背。他的右手擱在腿上，揪得很緊。

「你留下，我就留下，我們倆一起留下，好嗎？留下來再看，好嗎，寶貝？」

「好。」他說。他才站起，又坐下。「好吧。」他的呼吸又很正常了。「我去找人幫我們把船上的行李拿下來，再申請退還剩下的旅費。我會把錢平均分成兩份。今天就把錢分好。這樣感覺會比較好。今晚先住旅館，分錢，明天再好好去找住的地方。你說得對，知道嗎，我是瘋了。又病又瘋。」他說這話很認真。

她哭起來了。他撫摸她的手，感覺自己眼裡也有淚水。他握住她的雙手。她慢慢點點頭，淚水繼續淌著。

服務生突然背過身子，走向水槽。過一會兒他開始清洗杯子，把杯子擦乾之後，再舉起來對著亮光看。

一個瘦瘦的、留著大鬍子、頭髮梳得非常齊整的男人走過來——霍普林認出是他；這人跟他們一起在希臘港口皮雷埃夫斯上船——這男人拉開椅子，坐在一張空桌位上。他把外套搭在椅背上，轉了轉袖扣，點起一支菸。他短促的朝他們這邊看了一眼——霍普林仍舊握著她的手，她仍舊在哭——他只看一眼就別開了視線。

服務生在手臂上搭了一條白色的小毛巾。在院子邊緣，那孔雀把頭左左右右的擺著，看著他們，眼神很亮、很奇特。

十月十八日

他喝著咖啡想著當初。看吧，他想著，下次再看到它就該是中午了。屋子很安靜。他離開桌位走向門口。街上傳來幾個女人說話的聲音。台階上栽種著各式各樣的花——飽滿又大朵，主要都是大紅和鮮黃的，也夾雜了少許的紫色。他關上門，上街買菸。他沒有吹口哨，只是沿著陡斜的卵石子路走下去的時候，讓兩條胳臂隨興的晃著。太陽的餘暉正巧落在白色建築的兩側，他瞇起了眼睛。奧古斯丁。不然呢，還有別的嗎？就這個。其他也沒別的暱稱了。他從來沒給她取過什麼名字，就這個：奧古斯丁。他繼續走著。邊走邊朝著那些男人女人點頭，甚至對馬也不例外。

他撩開門上的珠簾走進去。年輕的酒保麥可戴著一枚臂章，支著手肘靠著吧檯，嘴上叼著菸，在跟喬治．瓦洛斯聊天。瓦洛斯是個漁夫，一次意外失去了左手臂。他偶爾仍舊出海，只是沒法操作魚網了，他說現在出海的感覺跟以前完全不一樣了。他現在靠賣一種看起來像甜甜圈的芝麻捲過日子。兩根串著芝麻捲的掃把柄就倚在瓦洛斯旁邊的吧檯上。兩人看見他，點了點頭。

「香菸，檸檬水，謝謝。」他對麥可說，然後拿著香菸和飲料走到靠窗、看得見海灣的小桌。兩艘小船隨著海浪起起伏伏。幾個男人坐在船上盯著海水，不動也不說話，隨著海浪起起伏伏。

他啜著飲料，抽著菸，過一會從口袋裡拿出信來看。他偶爾會停下來望著窗外的小船。吧檯上的兩個人繼續在聊天。

「這是開頭，沒錯，」她說。她兩條胳臂環著他的肩膀，胸脯輕輕的蹭著他的背。她在看他寫的稿子。

「不錯啊，寶貝，」她說，「真的很不錯。可是這事發生的時候我在哪裡？是昨天的事嗎？」

「你在說什麼？」他看著那幾頁稿紙。「你是指這個，『屋子很安靜』？你大概在睡吧。我不知道。或者出去買東西了。我不知道。這很重要嗎？我是說——這屋子很安靜。我現在沒必要去管你當時在哪裡。」

「我從來不會在早上睡覺，也不會在中午睡。」她對他扮了個鬼臉。

「我想我沒必要每分鐘都注意到你的行蹤吧。不是嗎？搞什麼嘛。」

「不是，我的意思是，我看不太懂。我的意思是，這有點怪，你知道吧，我是這個意思。」她朝著稿子揮了揮手。「你明白我的意思。」

他站起來，伸個懶腰，望向窗外的海灣。

「你還要再寫一會兒嗎？」她說，「主人，我們不一定非得去海灘不可。這只是個建議。我寧願看你再多寫一會兒，只要你高興。」

她在吃橘子。他聞得到她呼吸裡有橘子的味道，她湊近桌子，認真的再看一遍稿子。她咧開嘴，拿舌頭舔了舔嘴唇。「嗯，」她說，「好。嗯，好。」

他說：「我想去海灘。今天到此為止。夠了。晚上再寫吧。或者今晚再把這些整理一下。我開始在寫了，這才是重點。我是強迫型的；只要開了頭，就會繼續寫下去。也許文思就會源源不絕了。我們現在去海灘。」

她又咧嘴笑。「太好了。」她說。她一隻手擱在他的老二上。「太好了，太好了。今天我們的『小朋友』好不好啊？」她隔著褲子揉著他的老二。「我本來就希望你今天開始寫，」她說，「我總覺得你今天會開始，也不知道為什麼。我們走吧。今天這一刻，我好開心。我無法形容。就好像……我覺得很久很久沒有像今天這麼開心過了。也許——」

「不要想什麼也許不也許的，」他說著，把手伸進她的小背心摸她的胸脯，捏住她的乳頭，前後的揉著。「一天一次，這是我們說好的。一天，然後第二天，再第三天。」乳頭在他的手指底下堅挺起來。

「我們游泳回來，再做愛做的事吧，」她說，「除非，當然，如果你想把游泳往後延？」

「我沒關係，」他說完，又接著說：「哎，等等，我得換條短褲。到了海灘，說不定我們就會告訴對方待會兒回來要幹什麼了。我們快走吧，趁還有太陽快去海灘吧。也許待會兒會下雨。快走吧。」

她一面把幾顆橘子放入小袋子，一面哼著小曲。

霍普林套上短褲。他把稿紙和原子筆收進櫃子裡。他盯著櫃子看了一會兒，哼唱的聲音停了，他慢慢的轉過身。

她穿著短褲和小背心站在敞開的門口，黑色的長髮從白色的遮陽帽底下垂在肩膀上。她把橘子和套上草繩的水瓶抱在胸前。她定定的看著他，眨眨眼，咧開嘴，翹起屁股。

他的呼吸不順了，兩條腿發軟。剎那間他好怕心臟病又要開始發作。他看著她身後的一小塊藍天，看著海灣裡深深淺淺的海水藍，小小的浪潮起伏著。他閉上眼再睜開。她還在那兒，咧著嘴笑。我們真正在乎的是什麼，老兄，他想起很久以前米勒說的話。

他的胃空掉了，糾結得厲害，他覺得他的牙床不聽使喚的咬緊，緊到開始在磨牙，他覺得他的臉可能已經向她透露了一些連他自己都弄不清楚的事。他覺得腦袋發暈，所有的感官卻在高度警覺：他聞得到房間裡剝開的橘子味，聽得見一隻蒼蠅嗡嗡的撞上床邊的玻璃窗。他聽見了台階上的花朵，聽見修長的花枝在溫暖的微風中互相摩挲。海鷗在叫，海浪竄起又再度落到海灘上。他覺得自己好像站在什麼東西的邊緣。好像忽然間他懂得了許多過去從來不懂的東西。

「我愛你，」他說，「愛死你了，寶貝。寶貝。」

她點頭。

「把門關上。」他說。他的老二在游泳褲底下脹大了。

她把手裡的東西擱在桌上，用腳把門推上。她摘下帽子，甩甩頭髮。

「唔，唔，唔，」她又咧嘴笑。「唔，讓我跟我們的『小朋友』打個招呼吧，」她說，「不算太小的朋友哦。」她的眼睛發亮，挪向他，她的聲音似乎沒了半點力氣。「躺下來，」她說。「別動。就躺在床上。別動。別動，聽著。」

第三部

緣起

8 關於〈鄰居〉㉔

最初讓我覺得可以把〈鄰居〉寫成一個短篇的想法，是在一九七〇年的秋天，我從特拉維夫回到美國兩年之後。在特拉維夫的期間，我們幫朋友照看了幾天他們住的一棟公寓。故事中那些「鮮事」在我們照顧的那棟公寓裡一件也沒發生過。但是，我必須承認，我的確偷看過冰箱和酒櫃。我也進出別人的空房子，一天兩三次，坐在別人的椅子上，翻閱人家的書報雜誌，從人家的窗口往外看，這些經驗令我印象深刻。而後花了我兩年的時間，這些印象才逐漸浮現出故事的樣貌，一旦成形，我只要坐下來寫就是了。當時這篇東西信手拈來，寫得又快又順。故事真正的修改，或者說它的藝術美感，是後來的事了。原始的草稿大約是現在的兩倍長，我在後續的修潤過程中不斷的刪了再刪，一直刪到現在的尺寸和長度。

㉔〈鄰居〉（"Neighbors"），此短篇收錄於《能不能請你安靜點？》。

除了故事裡的中心人物性格上的失序和混亂——這大概就是主軸吧——我覺得這個故事捕捉到了一種基本的神祕感和陌生感，這其中有一部分是由於主題的處理方式，成就了它的風格。如果一定要說這篇東西特別在哪裡，那就是它強烈的「風格化」，這也正是它的價值所在。

米勒不斷的去史東的公寓，每去一次就愈陷入他自己製造出來的無底洞。故事的轉折點，當然，就在阿琳決定要自己一個人去隔壁看看，最後米勒只好過去接她回來。從她的言語和外觀（她緋紅的雙頰和那根「毛衣背後沾著的白色棉線」），就知道她同樣也在那屋裡翻東翻西的，就跟他一樣。

我認為這篇東西，多多少少，稱得上是成功的作品。我唯一擔心的是它太單薄，太省略、太晦澀，太沒人性。我不希望是這個樣子，然而我確實也沒把它當成是一篇譁眾取寵的小說；它不是一篇因為故事的張力，因為其中人物的深度寬度，或是引起的共鳴度而讓人銘記在心的小說。不是的，這是一篇另類的小說——這個另類，也許算不上很好，但我想也不至於太壞——故事本身內在外在的真實性和價值感，其實跟故事中的人物，或其他一些美德善行，並沒有太大關係。

說到我喜歡的作家和作品，我當然傾向於發現更多我喜歡的，不會去看那些我不喜歡的。我認為最近在大大小小的雜誌刊物上都有很多不錯的東西，有一些已經出版成書。當然也有許多是不太好的成品，但何必憂心呢？在我心目中，喬伊斯．卡洛．奧茲是我們這一代作家中的佼佼者，或許是最近幾代中最好的，這個陰影，或者說這個魔咒，短時間內我們可能都擺脫不了——至少在可預見的未來。

9 關於〈開車兜風喝酒〉㉕

我不是一個「天生」的詩人。我寫很多詩，原因是我不太有時間寫小說，小說才是我的初慕。就因為對於小說的興趣而衍生出對於敘事的興趣，以至於我寫的詩很多都像在敘事。對於詩，我喜歡第一次讀的時候就能看出它在對我述說些什麼，不論我特別喜歡，或者雖不喜歡但尚可接受的詩，我都會再讀第二遍，第三遍，第四遍，看它的走向，看它的優點。所有我寫的詩，情緒和氛圍都是一致的。我經常引用人稱代名詞，雖然我寫的詩很多是純屬虛構，但是，有些詩確實有一點點真實的基礎，〈開車兜風喝酒〉就是其中之一。

這首詩在兩三年前寫的。我個人覺得它有一種張力，我也希望相信它在表現敘事者的失落感和淡淡的無助感這方面是成功的——對我來說，它已經表達了敘事者那份舉棋不定的危險心情。我寫這首詩的時候，算是一個朝八晚五的白領階級。因為是全職，沒有時間四處閒晃。有好一陣子我什麼也沒寫，什麼也沒讀。人家說「我六個月沒讀過一本書」很誇張，在當時，我離這個誇張不遠了。在寫這首詩之前，我讀了柯蘭考特（Caulaincourt）的《從莫斯科撤退》（*The Retreat from Moscow*），此人是拿破崙的一名將領，在那段時間有一兩次我晚上跟我哥開了他的車出去兜風，我們兩個都覺得生活毫無目標，走投無路，抱著一瓶老烏鴉威士忌猛灌，我腦子裡一直存著這些模糊的情景，加上我自己當時非常真實的挫敗感，就寫下了這首詩。我想是所有的一切都湊在一塊兒了吧。

對於這首詩或是創作的過程，我真的沒辦法再多說什麼。我不知道這首詩有多好，但是我認為它有優點。我可以告訴你，這是我最愛的其中一首詩。

㉕〈開車兜風喝酒〉，原名："Drinking While Driving"。

10 談修改

有人問我是否願意為《火》（*Fires*）這本書寫一篇序，我說不想。可是後來我愈想愈覺得寫幾句挺好的。不過不是序言，我說，因為寫序似乎太自以為是。要替自己的作品寫序或是前言，不管是小說還是詩篇，都應該留給——比方說，五十歲以上，在文壇上德高望重的名人。而我呢，或許就寫個後記吧。因為寫出來的不論好壞，至少是根據事實寫出來的幾句話。

選在這本書裡的詩篇，都是我在一九六六和一九八二年之間所寫的。其中幾篇最先是收錄在我的《鄰近克拉瑪斯》、《冬季失眠》和《鮭魚在夜裡游動》裡頭。同時我搜括了一九七六年後，也就是《鮭魚在夜裡游動》出版之後寫的一些詩——這些詩在報章雜誌上都發表過，但沒出書。這些詩也沒有按照時間順序，反倒是順著對於事物的想法感覺做組合——一種感覺和態度的集合——這是我在為這本書做蒐整的時候才發現的。有些詩自然而然的就落在同一個區塊，或者說，一個執念當中。比方說，有不少篇或多或少都跟酒有關；有些跟國外旅遊和人物有關；其他的又跟家庭方面和一些熟悉的事物有關。所以這就成了我編排這本書的順序原則。舉例來說，一九七二年我發表了一首詩叫做〈舉杯〉。十年後，一九八二，在經歷了一段渾然不同的生活，寫了許多渾然不同的詩篇之後，我發現自己寫出一首詩叫做〈酒〉。於是在為這本書挑選詩的時候，往往是詩本身的內容，或是心念（我很不喜歡「主題」這兩個字），明示了這幾首詩應該擺在哪裡。這個過程並沒有特別值得一提或是特別了不起的地方。

最後我必須要說一句：幾乎所有的詩，早先在別的書裡發表過的那些詩，多多少少，都做了一些輕微的，甚至幾乎看不太出來的修改。這些修改是今年夏天的事，我自己覺得改過之後比較好。關於修改的事，容後再說。

書中有兩篇一九八一年寫的散文，那是應別人的請託。其中一篇，《紐約時報書評》的一位編輯要我寫「任何跟寫作相關的事」，結果就成就了〈談寫作〉。另外一篇是應邀為一本談「影響」的書貢獻幾句話，那本書名叫做《頌讚堅持》，由美國詩評社的史蒂夫．伯格，和哈潑與羅出版社的泰德．索羅塔洛夫合作編輯。我的獻詞就是「火」——後來我們用這個名字作為書名，是諾埃爾．楊的主意。

我最早的一個短篇〈小木屋〉，寫於一九六六年，收錄在《憤怒的季節》裡，今年夏天為了這次的出版我做了一些修改。《印第安納書評》將會在一九八二年秋季號刊出這篇東西。最近期的一個短篇是〈野雞〉，即將在這個月由梅塔康出版社出版，收錄在一套限量版的叢書系列裡，稍後於今年秋天還會在《新英格蘭書評》上刊載。

我喜歡「折騰」我寫的小說。與其寫一篇小說，我更喜歡完稿之後的修潤，修完再修，這裡改一改，那裡修一修。對我來說，下筆的難處就在於我必須繼續往下寫了才知道，才會對這個故事發生興趣。修改對我來說不是煩人的雜事，而是我很喜歡做的事。大概我天生就是個謹慎小心的人吧，我不太會隨興衝動，也許這說明了一些事情。也許沒有；也許這和那並沒有任何關聯，只是我自以為罷了。不過我確實知道完稿之後的修改對我是最自然不過的事，而且樂趣無窮。也許我的修改能夠讓我更加進入故事的核心，更深入它「想要說的東西」。我得好好努力找出一個答案來。應該說，這是一個過程，而不是一個固定的狀態。

有一陣子我常以為這是一個人格上的缺點，才會導致我這樣鑽牛角尖。現在我不這麼認為了。富蘭克．歐康諾㉖說過，他一直不斷的在修改自己寫的小說（甚至修改二、三十次以上），他說有朝一日他要把他所有的修正出版一個修訂本。但我呢，就在眼前，我這裡剛好就有一個現成的機會。兩個故事，〈距離〉和〈家離有水的地方這麼近〉（這兩則故事源自《憤怒的季節》裡的八個短篇），最先是收錄在《憤怒的季節》出版，後來又收進了《當我們討論愛情》裡面。當凱普拉來找我談再版，我在兩個封面之間猶豫，一個是《憤怒的季節》，一個是《鮭魚在夜裡游動》——當時兩本書都已經絕版——我在猶豫的時候，這個想法就開始成形了。但對於凱普拉要收錄這兩個特別的短篇，我有些為難。這兩篇東西當初在克諾夫公司出版的時候曾經大幅度的修改過。經過幾番考慮，我決定以最接近凱普拉出版社最初出版的那個版本為主，這次我決定把修改的幅度減到最小。它們終究還是要面臨修改，只是不像之前改得那麼厲害。這樣能夠持續多久呢？我的意思是，我擔心最後一定會出現一個報酬遞減律。不過我還是要說，我喜歡最近的版本，因為更符合我現在寫作短篇的風格。

所以，這本書裡所有的短篇全都修改過，修改的程度有大有小；現在的面貌有別於當初在雜誌上發表，或是《憤怒的季節》中呈現的版本。我視它為一個例子，一個把故事改得比原來樣子好的例子，我很開心。至少，老天在上，我由衷的希望它們更好。我就是這麼想的。說實在，我幾乎沒有看過哪篇文章，或哪一首詩——不管是我自己的，

㉖ Frank O'Connor，1903-1966，愛爾蘭作家，以短篇小說著稱。

或是旁人的——在「擱置」一段時日之後不需做任何修正和改進的。

很感謝諾埃爾．楊給我這個機會和推力，讓我再一次看看自己的作品，看看有沒有可以改進的地方。

11 談《杜斯妥也夫斯基》的劇本

一九八二年九月初，導演麥克．西米諾打來問我願不願意改寫《杜斯妥也夫斯基的一生》這個劇本。談完之後，我很感興趣，我們決定等到資金方面的問題搞定之後，再做進一步的細談。他的經紀人聯絡我的經紀人立了協議書，之後我和西米諾約在紐約吃晚飯。當時我在紐約州雪城大學教課，學期尚未結束。同時我還在為《大教堂》寫最後一篇稿子，另外《火》的編排工作也在進行。我不知道我哪裡還找得出時間改劇本，但我決定就是要做這件事。

我打電話給黛絲．葛拉格，那年秋天她待在華盛頓州安吉利斯港。她向雪城大學請了長假，為了回去照顧肺癌末期的父親。我問她是否願意跟我合作。這個案子時間很趕，我知道我根本沒有時間再仔細研讀那些小說。黛絲答應幫忙。她願意研究，有必要的話，她也願意寫幾段新戲，並且編校我已經完稿的部分。總的來說，她就是願意跟我合作——或者應該說，到最後是她跟我一起合作完成了一個全新的劇本。

我和西米諾約在「保羅和吉米的店」晚餐，那是一家鄰近格萊美西公園㉗的義大利餐館。餐後，我們直接談正事：杜斯妥也夫斯基。西米諾說他想拍一部寫作大師的電影。據他的說法，過去從來沒人做過。他以《齊瓦哥醫生》為例，他說他不想把它拍成那樣。談起那部電影，讓我想起了「齊瓦哥」，那位醫生作家，電影裡只出現過一個寫作的鏡頭。那是冬天，布爾什維克內戰打得如火如荼，齊瓦哥和他的情婦拉拉躲在一棟與世隔離的鄉間別墅裡（怕萬一有誰忘了，在此說明，影片中這兩個角色由奧瑪．雪瑞夫和茱莉．克莉絲汀扮演）。有一幕，奧瑪．雪瑞夫坐在書桌前，戴著禦寒的羊毛手套，在用心的寫詩。鏡頭給那首詩來了一個大特寫。想當然，寫詩和小說並不是真正的訴求。而西米諾希望整齣戲要以杜斯妥也夫斯基的作家身分為重。他的想法是，杜斯妥也夫斯基誇張又戲劇化的人生，剛好跟他小說中的執拗形成一個對立，這正是拍電影的絕對賣點。

卡洛．龐蒂有意擔任杜斯妥也夫斯基這部電影的製片，早在一九七〇年代初他就在蘇俄拍過一部電影，叫做《向日葵》，由他太太蘇菲亞．羅蘭和馬切洛．馬斯楚安尼主演。龐蒂跟蘇聯的電影人很熟，還有一些政界高官的朋友。因此，西米諾希望場景都能在蘇俄實地拍攝，包括西伯利亞和其他幾個一般西方人不准涉足的地方。

我因為想著劇本，順便問起蘇俄會不會有任何審查制度方面的問題。西米諾說不會，他說他們願意通力合作。最主要的，這年是杜斯妥也夫斯基逝世百週年紀念（實際上是一九八一年）。他們希望到時候能有一部大片祝賀這位人物和他的作品。當然不會有任何刁難。影片甚至不會在蘇俄的電影印製廠沖洗，而是每天把毛片直接送往法國處理。

這時西米諾取出了裝在黑色卷宗夾裡的劇本，厚厚一大疊的稿子，放到桌上。我拿起來，翻了幾頁，稍微看了幾段，好了解一個大概。即使只是走馬看花，我也立刻發覺情況不大樂觀。「有沒有故事大綱？」我問，「有沒有敘事摘要？」西米諾搖搖頭說：「這是一個大問題。不過我覺得其中的精神領域是在的。」他說這話的時候眼睛連眨都不眨一下。我很感動。我可以接受，不過從剛才的翻閱，我發覺那似乎不像是英文，倒不是因為其中有許多俄文名字的緣故。「也許，等你讀完之後，你可能會隨手就把它給扔了。」西米諾說。劇本看起來真的有點怪——冗長無趣的敘述，中間偶爾摻雜了幾句對話。之前我從沒看過電影劇本，這本東西跟我的想像差距未免太大了。也就是因為知

㉗ Gramercy Park，紐約曼哈頓區的一座私人公園。

道我從沒看過電影劇本，無論修改過或是沒有修改過的（我事先就知會了他），所以西米諾特地帶了來，好讓我知道正確的劇本格式長什麼樣（當我看到它帶來的樣品，對於上面的一些英文字母，譬如INT和EXT，我不得不問這代表什麼意思。「內景」和「外景」，他做了說明。V.O.和O.S.呢？「語音」和「旁白」）。第二天我回雪城展開工作。

不管有沒有精神領域，這套劇本跟我所知道的杜斯妥也夫斯基的生平截然不同。我困惑到不知該從哪裡著手。我確實想過「抽手不管」才是上策。我每天除了授課的時間，都夜以繼日的工作，最後擬了一份很長的粗稿，立刻寄給黛絲。在這同時，她也做足了準備的工作，讀遍了所有手邊能夠找到的相關傳記，當然也包括了《罪與罰》、《賭徒》、《死屋手記》，和《寶蓮娜．莎斯洛瓦的日記》。她接手之後，添加了許多新的場景，在各方面都做了大量補強。她把稿子複印之後寄還給我。我再做修改，重新繕打，再寄給黛絲做後續的修補工作。我記得她隨時都會來電討論杜斯妥也夫斯基。三不五時，也會把剛剛從打字機上抽下來的某一幕戲讀給我聽。等稿件又回到我這裡，我再做修改。一遍又一遍的重打。時間已經是十一月下旬，劇本的長度已經有兩百二十頁——很驚人，只能這麼說吧（一般的劇本大概都在九十到一百一十頁之間；劇本對應電影的長度粗估大約是一頁一分鐘。西米諾是個慢郎中，他不會趕進度。像他的劇本

《天堂之門》，一共一百四十頁；結果拍出來的影片長度將近四個小時）。

儘管在生活上我和黛絲各自忙碌，我們仍然發了瘋似的在改寫這個劇本。「我真希望這件事別選在這個時候來，」她曾在電話交談中對我說。但她的熱情絲毫不減。「想想看，」她有一次說，「杜斯妥也夫斯基！我們又讓他『活』了呀！」她的父親正被癌症逼得節節敗退，我非常清楚她每天都在面臨失去的情境中掙扎。「杜斯妥也夫斯基給我無比的勇氣，」她對我說，「也讓我痛快的哭泣。」

十一月底，我把完整的劇本寄給了西米諾。除了我和黛絲之外，會不會還有人也感覺到它的好呢？無論如何，西米諾立刻來了電話，他告訴我這個劇本令他驚喜到了極點。除了它的長度——他從沒見過比我們的杜斯妥也夫斯基更長的劇本——他對結果真的開心到了一個極點。

我不知道這個劇本什麼時候會變成一部電影，甚至不知道有沒有這個可能。西米諾告訴我說卡洛．龐帝已經遷離洛杉磯，聽說回到了歐洲，完全不見蹤影，也毫無想要製作這部片子的動靜。所以西米諾擱下了這個長達兩百二十頁的劇本，開始忙別的計畫。

我受邀參加了續集的撰寫，我覺得如果能夠從劇本中萃取出一些素材，增加一些連貫性，或許會更有趣。我們摘取劇本開頭的幾頁，提到聖彼得堡因為革命動盪不安，杜斯妥也夫斯基到醫院精神病房探視一名年輕作家的部分。然後就把時間轉移到杜斯妥也夫斯基因為叛國罪被捕入獄。他和幾名共犯一起面臨死刑（有趣的是，納博科夫的祖父就是審判這個案子的法官之一）。接下來我們直接跳到杜斯妥也夫斯基獲得減刑，在獄中等待下放到西伯利亞。

在西伯利亞幾個場景之後，我們一跳十年，跳到杜斯妥也夫斯基回到聖彼得堡，與寶蓮娜．莎斯洛瓦之間的糾葛，後來杜斯妥也夫斯基寫《賭徒》中的女主角，就是根據這個女人創作出來的。

最後一部分處理的是杜斯妥也夫斯基和安娜．格里高利伊芙娜的戲份，這個女人後來是他的第二任妻子（他第一任太太在他從西伯利亞回到聖彼得堡兩年後死於肺炎）。安娜原本擔任杜斯妥也夫斯基的速記員，後來愛上他，嫁給了他。杜斯妥也夫斯基的最後幾年都由她在照顧，就是他寫《群魔》和《卡拉馬助夫兄弟們》的時期，那幾年他過得安詳而平靜。

12 關於〈浮標〉和其他的詩

我寫的每首詩，對我而言，從一開始就有它特殊的「機緣」。正因為如此，我完全可以記得在寫那首詩時的情境，周遭的事物，甚至當時的天氣。再用點心思，說不定還能想起那天是星期幾。至少，在一般情況下，我都能記得那些詩是在平常日子或是某個週末寫的，甚至能很明確的記得我寫那些詩是在一天裡的哪個時段——早上、中午、下午，或者很少有的深夜。然而這份記憶力用在我早期寫過的一些短篇小說上就毫無效力了。舉例來說，當我回頭再看我的第一本短篇，我必須翻看版權日期，甚至出版的年份，才能大略猜到（從那些日期和年分加加減減個一到兩年）那些短篇是哪時候寫出來的。只有極少數幾個獨特的情況，我才能回想起寫那個短篇時的一些特別的或是不尋常的狀態；至於我寫作當時的感覺，那就更不復記憶了。

我不知道為什麼對於寫每首詩的時間和情境記憶如此清晰，又為什麼對於那些短篇故事卻不復記憶。我想絕大部分的原因，很可能是我覺得詩要比其他作品更接近我、更特別、更難能可貴，縱使我明明知道那些短篇小說同樣可貴。還有另一個可能是，我投注在詩上面的心力要比短篇小說來得多更多吧。

我的詩當然不是全然的真實——詩中的事件並沒有真的發生，或者至少那些事並不像我在詩裡寫的那個樣子。但是，就如大部分我寫的短篇小說，所有的詩確實都有一個「自傳」的成分在。有些情節的確很像某個時間在我身上發生過的事情，這份記憶始終揮之不去，直至它找到一個適當的表達出口——或者也可以說，它也在某種程度上反映我寫詩當時的心境。我想，正因為我大部分的詩作比我的那些短篇小說更加私人，因此無形中，它們也更加「暴露」了我的內在。

寫詩，不管是我自己的或是旁人的，我都喜歡用敘事的方式。一首詩不必像說故事，非得有開頭、有中間、有結尾，但是就我來說，它必須流動、必須活潑、必須有火花。它可以朝任何方向流動——可以是過去，可以是未來，或者，可以轉向一條蔓草叢生的小道。它甚至可以不再侷限於地球，跑到星星上面去尋覓住所。它可以從墳墓裡發出聲音，也可以跟鮭魚、野雁，甚至蝗蟲一起遨遊。它絕對不是靜止的。它是「流動」的，在流動之間自然產生出許多神祕的元素；它的延展是內建的，由一件事引發出另外一件事；它會發亮——至少，我希望它會發亮。

在《浮標》這本詩選裡的每一首詩，都跟我生命中的某段時間相關，我在書寫它的時候，都是處在某種程度的窘迫當中。有了這種種因素，這些詩就可以稱之為敘事，或者是說故事的詩，因為它們都關係到了某些事和物。它們有「主題」；不管寫出來的哪一件事都有所「本」，都是我在寫詩當時心中的思想和感覺。每首詩都保存著某個特定的瞬間；只要一看到它，就能看見我在寫的當時自己心中的那個框框。現在讀著這些詩，我可以非常清楚的感受到那屬於我的、過去了的那張粗略卻極其真實的地圖。因此這些詩有助於把我的一生完整的拼湊起來，我喜歡這樣去看待它們。

〈浮標〉，是詩選裡最老舊的一首詩，那是六月裡一個晴朗的早晨，我在懷俄明州夏安市一家汽車旅館裡寫的，當時我正在從柏克萊到伊利諾州洛克島的途中。一年半以後，一九六九年的秋天，我住在加州班羅蒙德，位於聖塔克魯茲以北只有幾哩路，我在那裡寫了〈普羅瑟〉。有天早晨醒來，我想起了我的父親，他已經過世兩年，那天夜裡，我在半夢半醒之間見到他。我很想記下夢中的一些情景，卻沒辦法。但那天早上我就想著他，回憶起我們倆一起去打獵的事。我清楚記得我們打獵經過的麥田，記得那個叫做普羅瑟的小鎮，我們每次打完了獵，常常會在那個小鎮上吃點東西。那是我們離開麥田鄉間之後到達的第一個小鎮，我突然記起入夜後那裡的燈光照著我們倆，就像詩裡寫的那樣。我飛快的，幾乎毫不費力的把它寫了下來（這或許是我特別喜歡這首詩的原因之一。如果問我我最愛自己寫過的哪一首詩，應該就是這首吧）。幾天後，在同一個星期裡，我又寫了另外一首詩〈你的狗死了〉。這首詩，同樣也寫得快又順，幾乎沒怎麼改動。

〈永遠〉就不一樣了。這首詩是在一九七〇年，聖誕節前，在帕羅奧圖一間車庫的工作間裡寫的；這首詩我至少寫了五、六十次才覺得對味。還記得寫初稿的時候外面雨下得好大，我在車庫裡擺了一張工作檯，時不時的就從車庫的小窗口望著屋子。時間已是深夜，屋裡每個人都睡了，那雨彷彿我心中即將靠近的那一份「永遠」。

〈找工作〉在第二年的八月完成，那年夏天亂七八糟，生活艱難，那天下午，在沙加緬度的一間公寓裡，我太太和兩個孩子去公園了。氣溫將近華氏一百度，我光著腳板穿著游泳褲，一在公寓的瓷磚地板上走過，就留下一排腳印。

〈衛斯哈丁〉也是在沙加緬度完成的。只是晚了兩個月——十月，在不同的住所，一間位在死巷的屋子，相信嗎，它的名字就叫做「月巷」。時間是早上八點左右，我太太剛送完兩個孩子去上學，再去上班。我有一整個白天，難得有這半日閒能讓我好好的寫作，我卻什麼也沒寫，反倒是拿著郵寄來的一本書，看起老西部那些亡命之徒的故事。我翻到了約翰·衛斯理·哈丁[28]的照片，就此停住了。不到一會兒，就擬好了這首詩的草稿。

〈婚姻〉算是這些詩裡最新的一首，寫於一九七八年四月愛荷華的一間兩房公寓裡。那時，我和我太太經歷了好幾個月的分居，這段期間，我們努力過，曾經試著住在一起，結果證明行不通，只維持了很短很短的時間。總之，這一次是我們又一次的努力，看是否能夠讓婚姻復合。我們兩個孩子都長大了，去了加州，很能自立，但我仍然放心不下——無論對我自己或是我太太，我對我們的婚姻也一樣放心不下；我們還在為這段長達二十多年的婚姻努力著。可以想見，我時時刻刻與各種焦慮不安共存。那一晚我寫著這首詩，我在一個房間裡，我太太則在另外一間；我為眼前經歷的恐懼找到了一個出口。

然而，和解的路還是行不通——不過，那又是另外一個故事了。

㉘ John Wesley Hardin，1853-1895，十九世紀美國中西部傳奇人物，以槍法準確、性格殘酷聞名。

13 關於〈致黛絲〉

這首詩，其實有點像是給我太太黛絲．葛拉格的情書。寫這首詩時是一九八四年三月，我一個人待在華盛頓州安吉利斯港我們的家中。在此之前，我住在紐約州雪城，大部分時間我們都住在那兒，黛絲在雪城大學教課。不過，一九八三年九月，出版社出版了我的一本短篇小說，《大教堂》。出書之後，喧騰熱鬧了好一陣子——一直鬧到新的一年——害得我腳步大亂，幾乎回不去以前的工作方式。這場熱鬧是額外加進來的，我們在雪城還是有平常正規的一些社交活動，譬如跟朋友吃飯，看電影，聽音樂會，在大學裡朗誦小說和詩文之類。

就很多方面來看，這是一個「精采」的時刻，當然，也是一段美好時光，但同時也令我十分沮喪：我發現很難再回復正常的工作。是黛絲，她看出了我的沮喪，建議我單獨一個人搬去我們在安吉利斯港的屋子，希望在那裡能找回我需要的安詳和平靜，重新開始寫作。於是，我抱著一到那兒就開始寫小說的心情一路往西。可是沒想到，等我安頓下來，平靜一陣子之後，我開始寫的居然是詩，這連我自己都驚訝不已（我說「驚訝」，是因為我已經兩年多沒寫詩了，我根本不知道自己還會不會寫）。

嚴格來說，〈致黛絲〉並不是「自傳式的」——我已經好多年沒用紅色的「夜魔俠」誘餌釣魚了，也沒把黛絲她老爸的摺疊刀帶在身邊；詩裡的事件發生那天我並沒有去釣魚；也沒有一隻叫做「迪克西」的狗跟我走了好久——詩裡所有發生的事情確實曾經在某個不同的時間點發生，我都記得，所以我把這些細節全部寫進了這首詩裡。但是——這點非常重要——這首詩裡面的感情，其中的情（不要和多愁善感的意思弄混了）——每一行都言真意切，給了非常明確清晰的語言。而且，詩裡所有的細節都是真實的、活生生的。就敘事或是說故事的層面來看，我認為詩絕對可靠可信（我對那些利用許多修飾的詞藻，或是抽象空洞的意境寫出來的詩，實在沒太大耐性。我在文學方面盡量迴避抽象和修飾，在生活上也一樣）。

〈致黛絲〉在說一則小故事，也是在捕捉一個瞬間。該說的是，一首詩不只是一種自我表現的行為。一首詩或者一個故事——只要能稱得上是藝術的文學作品——都是作者和讀者之間的一種交流行為。任何人，他或她，都能夠表達自己，但作家和詩人在作品中所呈現的，就不僅僅是表達自己而已，還需要交流，是吧？這個交流必須把一個人的思想和最深切的關注轉換成語言，利用這個語言再把這些思想關切鑄成一個形式——小說或是詩歌體的——以此希望引起讀者的共鳴，理解並體會到其中的思想和關注。讀者若有其他的理解和感受，也是伴隨一件作品而來——這是不爭的事實，甚至是令人嚮往的。如果寫出來的「貨」仍舊留置在倉庫裡，那麼這篇東西，照我的看法，就是大失敗。我認為我這個想法是正確的，凡是好的作家都應該把「被理解」視為一項最基本的假設，或者就是一個努力的目標。

最後要說的是，對於某個特別的時刻，我是有心捕捉——或者換個說法，就是想讓它變成永恆——我會藉由一連串具體的細節去書寫。而這首詩，我寫到一半時才發現，它不過就是一首情詩（順便一提，是我寫過的少數幾首情詩之一）；它不僅是我「獻給」黛絲的詩，獻給這位與我共度十年的女人的詩，也是為了給她一些我在安吉利斯港的「消息」——在此我想到了艾茲拉．龐德的名言：文學就是永保新意的消息——當然，我也同時想藉這個機會說出我對黛絲的感激：她在一九七七那年來到我生命裡，她深深改變了我的生活，讓我的生命從此大不相同。

這是我在這首詩中想要訴說的事：如果我能夠感動黛絲，甚至因此也感動到其他的讀者——讓他們感受到一點點我在寫這首詩當時最真實的感情——那我就太開心了。

14 關於〈難違使命〉

一九八七年初，E．P．達頓出版社的一位編輯送我一本剛出版的亨利．特洛亞[29]寫的傳記——《契訶夫》。書一到，我立刻放下手邊工作看了起來。我還記得當時是花了幾個下午和晚上，一鼓作氣把它看完。

到第三或第四天，差不多就快看到結尾時，我讀到一小段，契訶夫的醫生（班登維勒小鎮上一個名叫舒沃雷的醫生，契訶夫最後的一段日子由他看護）在一九〇四年七月二日的清晨，被契訶夫的妻子奧嘉．涅波召到這位瀕死的作家床邊。很明顯契訶夫只剩下最後幾個時辰了，但作者特洛亞沒有做任何的註解，他只告訴讀者，「舒沃雷醫生叫了一瓶香檳」。當然，在場沒有任何人要喝香檳；這純粹是他的主意。可是就這一丁點的人性，這一個非凡的小動作，大大的觸動了我。這時，我還來不及弄清楚自己到底要

[29] Henri Troyat，1911-2007，法國作家，生於俄國，以傳記文學著稱。

寫什麼，或是要怎麼寫，那個當下，就發現自己已經著手在寫一個跟它相關的短篇。我寫了幾行，接著又寫了一頁兩頁。我想，在那樣的時間，在德國的那個小旅館裡，舒沃雷醫生怎麼會想到叫一瓶香檳？那酒又是如何送進房間，是由誰送進去的？……等等問題。我又想，香檳送到的時候有什麼儀式嗎？……於是我停筆，繼續讀完那本傳記。

一看完這本書，我的注意力又回到舒沃雷醫生和那瓶香檳。我對於我正在做的這件事太感興趣了。但是我究竟在做什麼呢？唯一清楚的是，我認為我看到了一個致敬的機會——如果我可以完成它，正確而體面的完成它——那就是向契訶夫，這位長久以來對我意義無比重大的作家致敬的機會。

我試了十一、二種開頭，但沒有一個感覺是對的。慢慢的，我開始把重心從最後那幾個時辰轉回到契訶夫第一次因肺結核當眾吐血的事件上：當時他和出版商朋友蘇瓦林在莫斯科一家餐館裡，然後轉到住院那段，還有跟托爾斯泰在一起的場景，接著跟奧嘉來到班登維勒小鎮上的一家旅館，這也是他生前最後一小段與奧嘉共處的時光——所以，年輕的門房在契訶夫的套房裡應該有兩次重要的露臉，最後是葬儀社的人，這人跟門房一樣，在傳記中不曾出現。

就這些素材的事實基礎上，這篇東西很不好寫。我不能天馬行空，也不想這麼做。

我必須就傳記裡「一筆帶過」或甚至根本沒有說明的一些情況加以揣測，再進入狀況，注入生命。到最後，我終於發現我必須釋放自己的想像力，在有限的依據裡發揮創意。

我知道這次的寫作完全不同以往。不過現在我很高興，已經如願完成了。

15 關於《我在這裡打電話》㉚

自從一九六三年，也就是二十五年前，我發表自己寫的第一個短篇之後，我就愛上了短篇小說。對於這種簡潔和強度的偏好，我想部分（僅僅一部分而已）跟我是詩人又是作家有關。我創作和發表這兩種文類，差不多是在同一時期，大約六〇年代初，我還在念大學的時候。然而這種既是詩人又是短篇小說家的雙重關係並不足以解釋一切。我是被短篇小說勾引上了，就算想擺脫也擺脫不了。而我並不想。

我喜愛節奏俐落的好故事，也往往從第一個句子就受到吸引，就能夠從中找到那份美麗和神祕感；還有——這也是我過去開始寫作時最在乎，即使現在仍是一個最重要的考量——故事本身要一氣呵成，不管是在寫或是讀的時候（就像詩！）。

對我來說，最初——現在應該還是——最重要的短篇小說作家是伊薩克．巴別爾、契訶夫、富蘭克．歐康諾和普里契特。我忘了當初是誰給了我一本巴別爾的短篇小說集，但我記得從他這本名著中讀到的一句話，我把它抄在當時隨身攜帶的小本子裡。那是敘事者在提到莫泊桑和小說寫作的時候說的：「沒有一件利器能比一個位置得當的句號更具殺傷力。」

第一次讀到這句話，我就獲得極大的啟示。這就是我對自己寫的小說所要求的：用對的字，用對的意象，還有，用對的、正確的標點符號，唯有如此，讀者才會全心投入故事——除非房子著火，否則絕不移開視線。要求文字承擔行動的力量，這或許是奢望，卻是一個年輕作家的願望。我仍然堅持這一信念：明確強勁的作品才能抓住讀者。這依舊是我今天努力的主要目標之一。

我的第一本短篇小說集《能不能請你安靜點？》，直到一九七六年才出版，那距離我寫出第一個短篇已有十三個年頭。從取材創作，到短篇獲得雜誌刊載，而至後來的結集成書出版，這之間拖延了這麼長的時間，部分原因歸咎於一段年輕不更事的婚姻、兩個孩子的撫養、藍領勞工的苦力、忙裡偷閒的上課——另外，又加上每個月底捉襟見肘的窘況（然而，也就在這段漫長的時間裡，我不斷學習成為一個作家的竅門，學習如何在生活中沒有任何事是可捉摸的時候，能夠做到宛如河中的水流般敏銳）。

㉚《我在這裡打電話》（*Where I'm Calling From*），一九八八年出版，部分為先前未發表的作品。

費了十三年的時間匯集成一本書，也找到了出版商，在此我可能需要做個附帶說明，當時這位出版商是非常勉強的投入這樣一個荒唐透頂的計畫案——一個沒沒無聞的作家寫出來的第一本短篇小說！——在這段時間裡，我學會了只要有時間就趕快寫，只要有精神就不斷的寫，寫出來的稿子就讓它堆在抽屜裡；等以後再回頭仔細冷靜的看，等一切做了了斷，等所有的事都在遺憾之後回歸了「正常」，再來說道理。

但無可避免的，生活就是這樣，總有大塊大塊的時間莫名其妙的消失了，好長的一段時間我沒有寫出任何一篇東西（我多希望那些歲月能再回來！）。有時候，甚至一兩年過去，我連寫小說的念頭都沒有。但那段期間，我還是經常會花一點時間寫詩——這個很重要，因為寫詩表示那火焰還沒全滅（有時候我還真怕那火會熄滅啊）。而對於小說，我卻始終有種自認為神祕的預感，覺得自己一定會再寫。我也認為，我的生活狀況總會有「對」的一天，或至少有所改善，到時候這份強烈的寫作欲望就會牢牢的抓住我，我自然又會開始寫了。

我寫《大教堂》——其中有八個短篇是重新再版的——為期十五個月。在那兩年的時間裡，在我開始寫這些短篇之前，我發現自己處在盤點存貨的階段，我想要弄清楚我準備寫的新小說該走什麼方向，又該怎麼個寫法。我的前一本書，《當我們討論愛情》，在許多方面對我而言都是一個分水嶺，我不想複製或是再寫這樣的一本書，所以我等待。我在雪城大學教課；我寫詩寫書評，偶爾寫一兩篇散文。然後，某天早上，事情發生了——經過一夜好眠，我走到桌前寫了這篇〈大教堂〉。我知道這對於我，毫無疑問的，是一篇不同類型的小說。我好像找到了另外一個前進的方向。我向前推進。而且很快。

這本書裡收納了幾個新的短篇，它們都是在〈大教堂〉之後寫的，在我刻意的、快活的「暫停」兩年，寫了兩本詩集之後，我確定這些故事絕對不同於早期的那些（起碼我自己認為它們不同於以往，我懷疑讀者會不會也有這個感覺。不過任何一位作家在這一行站久了，都會說他希望、也相信他的作品終將經歷一次蛻變，一次巨大的轉變，一次豐富多采的進程）。

普里契特對於短篇小說的定義是「捕捉眼角瞥見的某些東西」。最先是瞥見，之後這一瞥便賦予了生命，讓那東西能在瞬間發光發亮，甚至潛進讀者的意識裡，再也抹不掉。誠如海明威說的，就好像是讀者自己的親身經歷一般——而這個，永遠是作家最希望的。永遠都是。

如果運氣夠好，作者和讀者都一樣，我們能夠在寫完或看完一個短篇的最後一兩句話時，靜靜的坐一會兒。最好是把剛剛讀過或寫過的東西思索一番，也許我們的心和腦就會稍微偏離了原先卡住的位置，我們的體溫也會上升或下降一度左右。這時，我們再次調勻呼吸，振作精神，作者和讀者都一樣，站起來，就像契訶夫書裡面一個角色的說法——「再造熱血和勇氣」，開始迎接下一件大事：生活。無時無刻不在的生活。

第四部

幾篇引言

16 星星導航㉛

這本選集有十一首詩和兩個短篇小說，全部取材自雪城大學的創作班——作者包括了畢業和肄業的學生——這是創作班的一個成果範例。我認為很棒，我十分肯定我的這項抉擇。換一個編輯或許會，應該是絕對會做不同的選擇，不管是詩或小說。這就是開班授課最有意思的地方：我們大家，學生和老師，不同類的作者不同類的喜好，各不相同，超乎想像。

而我們唯一的共同點是，超乎尋常的喜愛好的創作，遇到了好作品就興起鼓勵的欲望。我們每一個都樂於分享、討論寫作的觀念，更具有把觀念付諸行動的勇氣。我們發現有時候，我們甚至可以很有感覺的討論一篇新的作品——即使這篇東西是一個星期

㉛此篇為瑞蒙·卡佛編選《一九八〇雪城詩與短篇小說精選》（*Syracuse Poems and Stories 1980*）時，為該書所寫的前言。

前才剛剛從打字機上卸下來的。由於這種群體組合的特別性，我們可以圍著課桌或是聚在賣啤酒或披薩的小店餐桌邊，大肆討論一篇小說或一首詩裡頭的優缺點，褒褒這個，貶貶那個。當然，創作班也有寫得不好的小說和詩，但是，老天啊，這絕不是什麼不可說的祕密，也不是羞恥：壞作品隨處可見。最常見的缺失就是作者措辭不當，用錯了語句，對於他想要表達的和表達的方法漫不經心，或是他用的語詞只是在傳遞某種「快轉式」的訊息，只適合留給日報或晚間新聞的主播而已。如果這個群體裡，有學員用這個方式寫作，請大家給意見時，其他人就會誠實的說出來。如果詩或小說中的情緒太過誇張、捏造，或者只是在混淆視聽，或者當事人寫的根本是他不在乎的東西，或者他根本沒有東西可寫，只因覺得那個主題很強大，就寫成了一首詩或是一個短篇小說，在這個時候，他的同好——班上其他的學生和老師——就會要求他提出一番解釋。寫作班其他學員也可以幫助導正這位年輕的寫作者。

一位教寫作的好老師能夠替一位優秀的寫作者省掉很多時間。同樣的，我認為他也能省掉不好的寫作者很多時間，但我們在此不談。寫作是一件艱困又寂寞的工作，很容易就走到岔路上去。寫作老師的職責就在說出必要的反面意見。如果我們謹守好老師的本分，就應該教導年輕的作者哪裡寫得不對，更應該教導他們自己如何告訴自己哪裡寫得不對。艾茲拉・龐德在他的《閱讀ＡＢＣ》（*ABC of Reading*）中說，「敘事基本的精確度是寫作第一也是唯一的道德原則。」但是如果把「精確度」解釋成用字遣詞的誠實度，也就是，為了達到你想達到的效果，正確的把想要表達的意思完整的表達出來，那麼在學生習作時，我們就能從旁協助，並且鼓勵，甚至加以教導了。

寫作很難，作家需要全面性的幫助和誠懇的鼓勵。龐德是許多人的寫作老師，有艾略特、W・C・威廉斯、海明威（海明威同時也受教於葛楚・史坦因㉜）、葉慈，和一些知名度較低的詩人和小說家。後來的大翻轉是，葉慈——由龐德親自認可——日後成了龐德的寫作老師。這一點也不奇怪。好的寫作老師的確會向他們的學生學習。

請不要會錯我的意思。這絕不是在為創作班的存在道歉，也不是企圖做任何辯駁。我認為根本無此必要。在我眼裡，其他作者所做的和我們在雪城大學所努力的唯一不同，只在於我們採取了一個比較正規化的方式。就此而已。我們發展出了一個文學聚落。全國每個創作班只要立意正確，都會具備這樣的意識。各位一定明白我的意思（雖然有很多作家對於這樣的聚落適應不良，那也沒關係）。

㉜ Gertrude Stein，1874-1946，美國作家，被譽為巴黎教母，發掘許多文人畫家，海明威等都是她的座上客。

一個創作班裡存在著，或者說最應該存在的，就是這種團體分享的意識，興趣與目標相同的一些人聚合在一起——也可以說，像一群親人一樣。你只要在一個創作班裡，而且願意參與分享，那就會明白了。這樣一個在相同的城鎮或都市裡的團體，確實有助於稍稍舒緩年輕作家們的孤寂感，有時候這份孤寂的感覺真的近乎與世隔絕。你只要走進一個房間，不管長什麼樣子的房間，只要坐下來面對一頁空白的時候，你就會興起莫名的興奮。重點不在於你的同好們是不是也在這個時間做著同樣的事。重點是，我深深的相信，當你單獨待在房裡文思泉湧的時候，你知道在團體裡肯定會有個人想要看你的作品，只要你寫得對、寫得好，肯定會有個人為你高興；如果寫得不好，也會有人為你感到難過失望。總之，他會把他的想法告訴你——只要你肯開口問。當然，這個絕絕對對不夠，但確實有幫助。在這同時，你的肌肉會變得更壯碩，你的皮膚會變得更厚實，甚至會長出濃密禦寒的毛髮，足以幫助你撐過冷冽艱辛的前程。運氣再好一點的話，你會懂得看星星，讓星星導航。

17 所有跟我相關的㉝

僅次於寫短篇小說的第二件樂事，就是閱讀別人寫的短篇小說。如果你像我這樣，一百二十個短篇，在很短的一段時間裡（一月二十五日到二月二十五日）反覆的閱讀，到最後你也一定可以寫出幾個結論。最明顯的一點就是，現在短篇小說真的非常多，水準一般都不錯——有些甚至稱得上卓越（也有很多並不太好的作品，那些作者有知名的，也有不知名的，但何必談那些呢？就算有又怎樣？我們只管做好我們該做的）。而此時，我要評論的是我讀過的一些好小說，談一談我為什麼覺得它們好，為什麼我要選這二十篇。不過先讓我就遴選的過程說幾句話。

㉝《一九八六美國最佳短篇小說選》（*The Best American Short Stories 1986*）前言。此選集由瑞蒙·卡佛和香儂·拉佛納（Shannon Ravenel）自全美與加拿大各雜誌挑選佳作。一九八六年於波士頓，由荷頓·米夫林（Houghton Mifflin）出版。

香儂．拉佛納，自一九七七年起就一直擔任這套書的年度編輯，她從一百六十五本不同的期刊裡讀了一千八百一十一個短篇——這比前些年的數量增加許多，她告訴我。她從這些作品裡選了一百二十篇供我定奪。作為編者，我的職責是從中再挑選最後的二十篇。不過我有選擇的自由：我不必拘泥於那天早上限時專送寄來的一百二十篇作品——這件事他們雖然這麼說，卻令我相當糾結。原因之一是，我自己正在寫一篇小說，而且就快完成了。我當然希望不受打擾的把它寫完（跟往常寫作的時候一樣，感覺上這是我寫得最好的一篇小說。我非常不願意為了那一百二十篇東西而轉移我的注意力）。但同時我對於手裡那一百二十個短篇的興趣又稍微大了一點。我東翻西翻的看了幾頁，當天，甚至到第二天，我都沒有仔細讀過其中任何一篇，我只看了一些作者的名字，有些是我相熟或是見過面的朋友，有些只知道名字，或是知道名字也看過他們之前的作品。好在大部分的作品都是我不認識的作者，甚至從來沒聽過——就是所謂的「無名人士」，對於外界來說確實如此。刊載這些小說的雜誌幾乎跟作者一樣，又多又雜。《紐約客》占了絕大多數，這是理所當然。這本雜誌不僅刊載一些很好的短篇小說——傑作不時可見——再加上（這也是不爭的事實）它們是每週出刊，一年五十二個星期，小說的量當然要比國內其他雜誌多很多。我從這本雜誌裡挑了打頭陣的三個短篇。其他雜誌每本就以一篇作為代表。

一九八四年十一月，我接下編審工作的同時，就擬定計畫要在一九八五年一月列出我個人認為的「最佳」名單。去年讀稿的那段期間，我至少「遇見」十多個非常喜歡的作品，這些作品令我激動又興奮，絕對值得保留下來再讀一次（在做最後評析的時候，一篇作品能否令人感到激動興奮，正是入選或發表的唯一標準）。我把這些短篇收在卷宗夾裡，準備一、二月的時候再看一次，當時我就知道我還有一百二十篇小說待審。一九八五那年，每當我讀到了喜歡的、令我心神蕩漾到非要把它收藏起來再讀一次的作品，我就會想到——只是隨便的想——這篇小說會不會也是香儂．拉佛納的選擇。

果不其然，真有一些重複。有幾篇我做了記號的作品果然也在她送審的名單裡。不過，總是事出有因吧，我標註的大部分作品並不在那一百二十篇裡面。我前面說過了，我有選擇的自由，不管是從她的初選中挑選，或是從我自己的讀審中挑選（如果我固執己見，或是失去理智，認為她選的那幾篇我全部不滿意，我也可以完全照自己的意思另外選出二十篇）。現在——這應該就是最後一組數字，不會再更改了——細目如下：我從郵寄來的一百二十篇當中挑了十二篇，全部都是佳作。另外八篇佳作全憑我自己的選擇。

我由衷的認為這二十篇作品應該是一九八五年全美國和加拿大出版過的最佳短篇小說。我知道有些人會持不同的看法，我也知道，另一位編審或許會有一些不同的選擇，可能會有二到三篇的例外，所以我最好改口——應該說我相信這二十篇作品絕對能列入一九八五年的最佳短篇小說。我還有一件事要說：在不同的編輯手上，這本書自然會有不同的感覺和風貌。這是必然的。沒有一個編輯在編纂這樣一本選集的時候，會不帶絲毫他或她自己的偏好，以及認定。短篇小說裡需要什麼？是什麼東西令我們信服？我為什麼受這篇小說感動，或是悸動？為什麼有些小說乍看很好，可是不想再看？（這裡收集的每個故事我至少都看了四遍；如果看完了四遍我仍然為它激動興奮，我認為這可能就是我想在選集裡看到的作品了。）

當然其中還有一些別的偏好在運轉：我偏向於逼真的、「活靈活現」的角色——也就是，那些人要處在清楚真實的環境中。我喜歡傳統（有人稱之為老派）的說故事方式：逼真的情境一層一層掀開，一層比一層豐富；有異議的細節逐步逐步的擴大；對話不單單揭露了人物角色，更推動了故事。我對於突如其來的爆點、個性不鮮明的人物、只求方法技巧的故事不感興趣——簡單說，就是故事本身沒有什麼故事，或者有故事，但僅止於強調作者本人失控偏頗的世界觀。同樣的，我也不信任那些語言過分誇張堆疊的小說。我相信實在有力的文字，不管是名詞或動詞；我反對抽象、任性、含混的詞藻——不管是片語或是句子。我盡量避開那些——依我的說法，就是寫得不夠用心、語意不清的作品。如果出現了這種情形，如果讀者因此失去了閱讀的方向和興趣，無論哪種理由，這篇作品就是報廢了，多半沒救了。

要杜絕寫作上的不用心，就得像對待生活那樣。

這本選集不該被看作是在抵制那些草率粗糙或構思和處理都不夠好的小說。但確實，以它的內容來看，它跟那類作品是對立的。我相信我可以很肯定的說，曾經有過的那些造作、怪誕、淺薄、不合時宜，或是跟現實脫節愚昧的寫作方式，現在都過去了。我們應該為這個「逝去」而感恩。我審慎選出的這些作品，或多或少都直接在反映現實面。我希望我遴選的這些作品能夠帶給大家一些亮光，讓我們對於成就我們、保護我們度過重重難關的人性有所了解。

短篇小說，就像房子——或是車子，也可以這麼比方——應該造得堅固持久。就算看上去不漂亮，也要令人愉快，裡面的東西也要能「發揮作用」。一個只顧尋找「實驗性」和「改革性」故事的讀者，在這裡面只會撲空（跟芙蘭納莉·歐康納一樣，我承認我對「看似好玩」的東西興趣缺缺）。唐納德·巴塞爾姆的〈她園子裡的羅勒〉就是最接近實驗性和前衛性的作品。但巴塞爾姆是個例外，這是他的特色：他那些看起來「很好玩」的小說是無法模仿的，好到就像一塊試金石，是你想要保存下來的東西。他的小說儘管怪異，卻十分打動人心，這又是一塊試金石。

既然提到了巴塞爾姆，我不妨再談談遴選過程中的最後一環。一方面，你手上有一些排在第一順位的作品，作者也都是全美國和加拿大當代最好最知名的作家——換句話說，這些都是由英語寫作中一些佼佼者寫出來的作品。另方面，你手上也有一些同樣很精采的作品，但是出自一些不太有名氣或完全不知名的作者。然而主編這本選集的編輯最多只能收納二十篇作品。供過於求。如果有兩篇「同樣精采」的作品，你必須要從這裡面做一個抉擇，而整本書就只剩下了一個空位，你該怎麼辦？到底該收錄哪個作品？應該先顧及那些知名大作家的利益嗎？是不是應該把他們的利益看得比那些不太有名的作家來得高？有文學之外的考量嗎？令我高興的是，這些情況完全沒發生，其中甚至有過一兩個類似的例子，而我選擇的是一位作品很優秀、卻沒有名氣的作者。最後——一點不假——我精選出來的作品，依我的評判，全都是最好的短篇小說，無關乎「名字」和先前的成就。

回頭再看，我發現我的選擇幾乎都落在年輕的、不太具知名度的作家身上，即使不是絕大多數。譬如，潔西卡．尼利。她是誰，她怎麼會寫出〈皮膚天使〉這樣美麗的一個故事？請看一開頭這一句教人無法抗拒的話：「**夏天開始了，我母親一星期有四個上午要背誦馬克白夫人裡的台詞，晚上在醫院老人病科值班。**」還有伊森．肯寧。為什麼在這之前我沒讀過他別的作品？他寫得這麼好的〈星星食品〉為什麼只登在像《芝加哥》這樣的一本「都會雜誌」上？——聽說，這本雜誌今後不會再刊載任何小說了。還有這一位，大衛．麥可．開普倫。我覺得對他的名字好像有些印象（或許我想到了另外一位作家，詩人或是小說家，他用三個名字，其中一個聽起來很像這位大衛．麥可．開普倫）。無論如何，〈母鹿季節〉絕對是一篇令人驚豔的作品。多麼開心、多麼有幸能夠遇見這樣一篇小說，而且能夠和其他那些優秀的作品一起重新問世。再舉個例子，另一位作者，蒙娜．辛普森，她那篇好極了的〈草坪〉和那魅力無法擋的第一句話：「**我偷。**」再舉另一位我對他的作品不很熟悉的作者，肯特．尼爾生。他那篇精采的〈隱形生活〉，在某種程度上，絕對是一些人嚮往的新契機。

此外，有一件事我必須誠實以告。我承認在這之前不曾讀過大衛．利普斯基的作品。他一定還有其他作品。是不是之前我睡著了，錯過了他的短篇小說，或許，甚至有可能還錯過了一兩本他的長篇小說？我不知道。我只知道從今而後，只要在哪個短篇上看到他的名字，我絕對不會放過。〈三千元〉這個故事，嗯，該這麼說，這本選集裡沒有一篇跟它相仿。這篇作品有一部分，只是一部分，確實就是我一直想要做到的重點。

詹姆斯．李．柏克。又是一位我不知道的作家。能夠把他寫的一篇叫做〈罪犯〉的短篇收進這本集子裡，是我的驕傲。這個故事裡有令人觸景生情的特定時間和地點（在我選的作品裡，無疑的，這是一開始就吸引我的一個主因：地點、位置，還有背景，這在我來說就是重點）。再加上，年輕的敘事者和他父親威爾．布羅薩德之間強烈的戲劇張力，父親對兒子說：「**在這世上你必須面對很多選擇。**」

選擇。衝突。戲劇性。因果。敘事的手法。

克里斯多夫．麥克伊洛埃。他究竟從哪裡冒出來的？對於酒精、牧場生涯、製作糕點，和生存在保護區那些印第安人的淒涼，他怎麼會那麼清楚？——至於人心的私密，就更不用說了。

葛麗絲．派雷，當然是她，葛麗絲．派雷——短篇小說讀者的必選。她寫了將近三十年，本本皆是無與倫比的好書。我很高興能夠收錄她這篇精采出色的〈講述〉。還有艾莉絲．孟若，傑出的加拿大短篇小說作家。多年來她一直默默的在寫一些非常非常好的短篇小說。〈兩頂帽子先生〉就是一個最好的例子。

我們是不是兄弟手足的守護者？在回答之前，先讀一讀孟若的作品和托比亞斯．沃爾夫寫的這篇令人難忘的〈富哥哥〉吧。「**他在哪裡？你的兄弟在哪裡？**」這是富哥哥唐納德在結論中必須回答的一個問題。

安．比提嚴謹又獨特的〈門神傑納斯〉，整篇故事都用旁白敘述。

有一些作者是我曾有耳聞或是在評選之前就熟識的，包括喬伊．威廉姆斯、理查．福特、湯瑪斯．麥克安、法蘭克．康若埃、查理．巴克斯特、艾咪．漢貝爾，最後這位是知名的詩人——黛絲．葛拉格（事實是：短篇小說要比長篇小說更接近詩的精神）。

就這本選集裡的作品而論，這些作者到底有什麼共通之處呢？

有一點，他們每一個人的寫作都著重正確，也就是說，思慮周密，非常正確的寫出隨處可見的男人、女人、孩子們一些再尋常不過的生活瑣事——這些東西，大家都知道，其實並不是容易處理的事。他們所寫的，在很多情況下，並不只是生活和度日，而是關於「發生」，有時候遭遇挫折，有時候這些挫折甚至壓倒一切。簡單的說，他們寫的是一些重要的事。什麼是重要的事？愛情、死亡、夢想、野心、成長，跟自己還有別人的極限和平共存。大家都是一齣戲，這些戲都在一張乍看不大、實際超大的帆布幕上演出。

談到偏好！我發現這本書裡每一篇，多多少少，都跟家庭、他人、社會有關。「真人」以小說人物的姿態住在故事裡，做出善或惡的決定（大多是善的），抵達一個轉折點，這個轉折點在某些情況是一個不能迴轉的點。無論如何，所有的事都不一樣了。讀者會發現故事中成年的男女——丈夫、妻子、父親母親、兒子女兒、各種類型的愛人，包括一種淒美的父女關係（蒙娜・辛普森的〈草坪〉）。這些角色都是現實中你可能很熟悉的。就算不是你的親人，也有可能是你的鄰居，就住在同一條街上，或是住在隔壁的小鎮，或者甚至隔開一個州（我現在說的是真的一個州，地圖上有的一個地方，而不是心理的狀態㉞）。比方說，亞利桑那州的比馬印第安保留區，或是北加州的尤里加和曼多西諾特區；蒙大拿州維克多里周邊的台地；北佛蒙特州的一個小鎮。再或者就住在紐約，或柏克萊，或休斯頓，或者就在紐奧良的外圍——歸根結柢，所有這一切的發生都不是在一些異常的「外地」，故事中的人物也不是可怕的異鄉人。我們常常會在我提到的這些城市、小鎮、鄉間見到他們，或者在電視上，正在對某個新聞名嘴談話，正在做見證，正在述說洪水把家園沖走的情形，或是第四代的農場被聯邦房產管理局強迫關閉以後自求活路的經過。他們都是受到環境的阻撓和打擊，結果如何，未知。

我的意思就是，故事中的這些人物跟我們非常相似，無論在好的或是壞的時刻。在

〈說閒話〉這篇裡，法蘭克．康若埃讓他的旁白說出了這番話，更重要的，是理解這番話：「**每個人都連在一個網子裡……痛苦是網子裡的一部分，儘管如此，人們還是相親相愛。等到歲數大一點，你就會明白了。**」故事中的人物都在下決定，現實中的我們也是，這些決定當然影響到他們的未來。〈共產黨員〉這篇裡面，理查．福特筆下的年輕敘事者萊斯說：「**我感受得到火車過來的時候，你一個人站在棧橋上的感覺，你知道你必須做決定。**」他確實做了決定，從此以後他的一切不再一樣。

火車來了，我們必須做決定。是這樣嗎，真的是這樣嗎？「**所有的事物都有一個侷限，對吧？**」格蘭說。他是故事中那位母親的男友，他之前是美國中央情報局的人，之後是獵雁人，是「共產黨員」。

對。

在他的故事裡，〈所有跟我相關的〉——這是一個篇名，很巧的，剛好適用於這個選集的總稱——克里斯多夫．麥克伊洛埃讓他的牧場主人，傑克．歐登堡對密爾頓不要命的酗酒行為說了這段話：「**畫底線對你有幫助。活得對不是那麼容易……對的方法其實**

㉞ State，英文有雙關的兩種解釋：一，狀態。二，州。

很明白，只是我們拚命把它模糊掉。」

〈今天會是安靜的一天〉，艾咪・漢貝爾在這篇小而美的作品中，那位父親用心養育著兩個早熟的孩子，努力做著「好爸爸」該做的事，在一個下雨的星期天下午，說出了作為爸爸的擔心：「**你以為你很安全……這是你想的，你以為別人看不見你，因為你把眼睛閉起來了。**」同時，漢貝爾對於幸福快樂的描述也是我看過寫得最好的，既簡單又好：「**他懷疑他是否有過這種感覺——不是比較上的好，而是說不出的好。**」

〈運動員〉是湯瑪斯・麥克安的佳作，故事發生在五〇年代伊利湖畔的一個小鎮上，我們跟著那兩個十幾歲的青少年一起享用奇怪的一餐，其中一個因為跳水傷了脖子：

> **我必須用我的巴羅摺疊刀尖餵吉米吃飯，不過今天的早午餐已經吃掉兩隻大鴨子了……**
>
> **「叉幾塊那邊的鴨肉給我，」吉米・米德用俄亥俄州口音說……**
>
> **（過了一會）我把吉米的毯子圍到他的下巴底下。**

而大衛・利普斯基寫的〈三千元〉裡有這麼一小段對話：

「我只是不想成為一個負擔。」

「你是，」她說，「不過沒關係。我是說，我是你的母親，你本來就該是我的負擔。」

你明白我的意思了嗎？我還不太清楚我自己在說什麼，但是我清楚我想要達到的目的。不知道為什麼，我有一種強烈的感覺，這二十個短篇是連成一氣的，它們本來就該聚在一起——至少我是這麼認為——我希望各位在讀的時候能明白我的意思。

編選這樣的一部精選集，讓讀者進入並且稍微了解短篇小說的形式，了解編者心中的珍愛和喜好（這很好）。我感受最強烈的就是，短篇小說常常在告訴我們一些我們完全不知道的事（當然，這非常好），同時更重要的一點，在告訴我們一些「人人都知道，卻沒人談起的事」——起碼沒有公開談起過，除了這些寫短篇小說的作者。

這本選集的作者裡面，葛麗絲・派雷是在這一行裡站得最久的一位。她的第一本短篇小說發表於一九五九年。唐納德・巴塞爾姆出第一本書的時間晚她五年，在一九六四。艾莉絲・孟若、法蘭克・康若埃、安・比提、湯瑪斯・麥克安、喬伊・威廉姆斯——他們也在這一行工作了不算短的時間。最近出了兩位很棒的作家，理查．福特和托比亞斯．沃爾夫。對於其他的後起之秀我也十分放心。查理．巴克斯特、艾咪．漢貝爾、大衛．利普斯基、潔西卡．尼利、大衛．麥可．開普倫、黛絲．葛拉格、詹姆斯．李．柏克、蒙娜．辛普森、克里斯多夫．麥克伊洛埃、肯特．尼爾生、伊森．肯寧。他們都是很不錯的作者，我覺得他們每一個也都會在這行長長久久。我認為他們已經找對了路，一定會堅持走下去。

當然，如果這本集子像別的《美國最佳短篇小說》或者像那些得獎的短篇小說：好比「歐亨利短篇小說獎」，那麼，我在這裡選出來的許多作者很可能永遠都被埋沒了（如果你不相信，去看看過去幾年那些主流選集的目錄內容。翻開一九七六年《美國最佳短篇小說》精選或是一九六六年的版本，看看那上面你認識的名字有多少個）。我收錄的那些頗有名氣的作家，我敢說，他們還會繼續出版很傑出的作品。但是，誠如我說的，我不會為這本書裡的新作家感到憂心，擔憂他們找不到正確的路。我深深覺得他們已經走對了。

作家就是要寫作，不停的寫，到了某個時候，才華盡了，甚至常識也告訴他們該收手了，他們還會繼續的寫。這通常有千百種理由——也有很多是正當的、萬不得已的理由——讓他們非停不可，或是沒法再好好的寫、認真的寫（寫作是煩惱，絕對是的，只要參與其中就是煩惱，請問誰會要煩惱？）。可是有時候運氣就是來了，而且就降臨在一個作家的生涯初期。有時候這運氣會來得很晚，要在多年努力之後方見成果。還有一些時候，當然也是最為常見的，「運氣」根本不會出現。奇怪的是，運氣這東西，好像總是會落到一些你並不以為然的人身上，這情況發生的時候，會讓你感到世界上似乎沒有公平正義這回事（事實上，確實沒有）。它會落到現在或過去曾經是你的朋友身上，這個人或許是個酒鬼，也或許滴酒不沾；這個人或許勾搭別人的老婆，跟別人的丈夫或姊妹跑了，就在你們一起參加完一次派對之後。而這位年輕的作家，老是在班上最後面，平常一聲不吭——標準的笨蛋，你心裡這麼想著，就算你瘋了，也絕不會把這個人排在前十名內。這種事有時候確實會發生。就是一匹黑馬。這種意外的幸運有時確實會出現，有時則否（當然，出現要比沒出現來得有趣）——不過這個運氣無論如何不會出現在不肯努力，不把寫作當成一回事的人身上；也絕不會出現在不器重它，不把它看成生活中僅次於呼吸、食物、住所、愛心和上帝等大事的人身上。

我希望大家看這些作品是為了愉快和休閒，為了慰藉和鼓勵——為了任何一個令你傾心文學的理由——並且認知到這些作品並非只為了讓我們看到我們眼下的生活（比這個目標更糟的事，作家都能做得到），更有一些別的東西，也許是一種串聯的感覺，一種毋庸置疑的美感：世上沒有別的東西能夠比短篇小說所表現的美感更能讓人看見。我希望讀者隨時隨地都能從中找到令他們感興趣，甚至感動的東西。因為假如寫短篇小說和讀短篇小說互不相干，那麼我們這麼起勁是為了什麼呢？請告訴我，我們究竟在幹什麼？我們又何必聚在這兒呢？

18 未知的契訶夫㉟

麥克辛．高爾基在讀完《帶小狗的女士》㊱之後說，相形之下，「其他作家的作品顯得十分粗糙，好像不是拿筆而是拿木頭寫的。一切好像都失真了。」

去問任何一個有想法的讀者——文學科系的學生或是老師，書評人或是別的作家都可以——你會發現有個一致的看法：契訶夫是史上最偉大的短篇小說家。大家之所以這麼認為當然有很好的理由。不單是因為他多產，寫的作品數量驚人——大概沒有幾個作家能夠與他匹敵——更了不起的是，他寫得不但多且屢有傑作，這些作品令我們省悟懺

㉟此文原無標題，此標題出自《未知的契訶夫：短篇小說及其他》（*The Unknown Chekhov: Stories and Other Writings*）一書封底上的字句。本書由阿夫拉姆．亞莫林斯基（Avrahm Yarmolinsky）翻譯，紐約艾可出版社（Ecco Press）於一九八七年出版。

㊱*The Lady with the Dog*，契訶夫一八九九年作品，一九六〇年改編成電影。

悔，也令我們喜樂感動，唯有真正的藝術才能讓我們如此赤裸的面對自己的情緒。

很多人有時候會談到契訶夫的「聖潔」。其實，他不是聖人，只要讀過他的傳記就會知道。他除了是一位偉大的作家，也是一位至高無上的藝術家。有一次他曾警告另外一位作家說：「你的懶惰出現在你每一篇小說的字裡行間。你根本不用心在你的文句上。你非用心不可，這你知道。唯有用心才能成就藝術。」

契訶夫的作品到現在仍然如當初發表時同樣的精采（同樣的不可或缺）。這些作品以非凡精準的方式，真實的呈現出他那個時代人類的行為和活動；所以它們始終屹立不搖。任何讀文學的和相信藝術（理當如此）具有穿透力的人，遲早都必須讀契訶夫。而現在正是一個好時機。

19 有前因和後果的小說（與湯姆簡克斯合編）㊲

卓越成永恆。——亞里斯多德

我們在為這本書蒐集短篇小說的時候，有一個心照不宣的標準就是，敘事的趣味是決定性的因素之一。同時我們也認為不必譁眾取寵，或者非要具有代表性不可。畢竟選集的空間有限，我們能夠收納的作品也有限。下此決定，當然不容易。除此之外，我

㊲《美國短篇小說傑作選》（*American Short Story Masterpieces*）引言，此書由瑞蒙．卡佛與湯姆．簡克斯（Tom Jenks）合作編輯。一九八七年於紐約，由德拉寇特出版社（Delacorte Press）出版。

們也不想在讀者面前擺上一些所謂「後現代」或是「創新」的小說，還有那些被讚許為「新小說」的文體（例如反思式的、寓言式的、魔幻寫實的，以及其他一切相關的變化、分支和衍生）。我們感興趣的作品不單是要有強烈的敘事性，要有足以呼應人性的角色，更且在語言、情境和洞察力的效果上也要深刻而完整——在某種程度上，短篇小說的意圖是在擴大我們對自己和對世界的視野。

高難度，確實。但是任何偉大的、真正好的短篇小說（甚至任何一件文學藝術的精品），不是常常會出現這樣的情況嗎？我們認為收錄在這裡的三十六個短篇就是明證，短篇小說確實有可能產生這樣好的效果；我們的選擇是針對那些有志於此的作品——這些小說達到了反映我們生活的結果。無論如何，依據我們的感受力，按照我們的標準，我們發現在評選以下這些作品時，我們一次又一次的被感動被鼓舞。

這是我們的觀點，而這個觀點一點也不輕率，當然也不是為了辯解，我們甚至認為這些過去三十年來最佳的短篇小說，足以和前幾代的最佳作品相提並論——所謂的前幾代，可以《短篇小說傑作精選》中的一些作家為代表，這本傑作是由羅伯特·潘·華倫和艾伯特·厄爾斯金主編。由此看來，現在這本合集也許可以視為早期那本精選集的姊妹作。這本書的重點，跟另外那本一樣，著重在真實——也就是說，偏向寫實主義式的故事，有些甚至十分接近我們自身日常生活的輪廓。或者，即使不像我們自身的，至少也是一般人的生活——一般成年的男女，就像我們一樣，過著平凡中有起有落的生活，也知道人生就是有生有死。

在過去三十年，許多作家都徹底放棄了對於寫實主義的關照和技巧——放棄了「禮俗規範和倫常」，而萊昂內爾・特里林㊳很明確的把這兩項看作小說創作的最佳題材。取而代之的，許多作家——有些寫作技巧和名望相當高——都轉向了超現實和幻奇文學。小部分，天賦稍差的一群人，更是在極端怪奇之中混入了躁動不安的虛無主義。現在，寫作的「輪子」似乎又開始向前推進了，接近我們生活的小說——小說裡充滿著我們熟悉的、被認同的人物、動機、情節和劇本——都是有前因和後果的小說（這兩者不可分）；在閱讀大眾對於那些不成文的、怪誕不經的小說開始感到厭倦之際，它們又重振雄風了。那些要求讀者放棄（有些甚至要讀者否定）理性、常識、感情和對錯觀念的小說，現在似乎正在撤退。

誰都不應該對於現實主義小說的再現感到驚訝——至於重新站上優勢，自是不用說

㊳ Lionel Mordecai Trilling，1905-1975，美國文學評論家。

了——這原本就是最古老的說故事方式。這本選集可以視作對敘事型短篇小說永續的持久力的祝賀，或者獻禮。同時我們更認為，這些依據古老的文學傳統所選出來的最佳短篇小說中，有一些絕對有機會列入、甚至超越其他所謂禁得起「時代檢驗」的作品。

這本選集與《短篇小說傑作精選》最大的不同在於，前一本精選集的三十六個短篇中有三分之一的作品都出自英國和愛爾蘭的作家。當我們在樹立一些準則，決定我們打算如何為這本選集挑選作品時，我們早就想好只選美國本土的作家。我們認為，大西洋這一邊多的是有意義的作品供我們選擇。我們也決定不要選擇那些已經出現在《短篇小說傑作精選》中的作家。所以，像彼得．泰勒、尤多拉．威爾提、約翰．契佛……這一類、有些最佳作品都在一九五四年（剛好是《短篇小說傑作精選》出版的那年）以後出版的作家，我們只好忍痛割捨。

至少，就某方面來說，在五〇年代早期，文學界的生活似乎比較單純。華倫和厄爾斯金不必談論「後現代主義」或者任何其他的什麼「主義」（包括「寫實主義」在內）。他們沒有必要去解釋那些存在選擇背後的理由，或是對他們的喜好和方法做一番說明。他們只要討論傑出的偉大作品（按照他們的定義，就是傑作），和寫出這類作品的大師。在那個年代所謂的傑作，意思就是被大多數讀者（和作者）認同，並且視為標竿的作品。沒有誰需要做任何辯解，不管是對觀念本身，或是在評選那些認真嚴謹，具有豐富想像力的創作時怎麼會想出這樣一個術語，皆毋須做解釋。當時的編輯們找了二十四篇美國本土作家的作品，這些作品橫跨了五十多年美國的生活和文學上的努力，他們把這些短篇跟十二篇差不多同期的英國和愛爾蘭的作家並列，編成了這套書。而我們，我說過，僅限於美國本土作家，我們的遴選涵蓋了三十三年——正確的說，是從一九五三到一九八六——這段時期也是美國文學史上最巔峰最受傷的時期。就受傷這部分來說，因為當時正處於敘事小說最起伏不定的一個時期，各方抨擊得很厲害。現在，或許是一個好時機，一個重新對傑作這個名詞下定義的時候——所謂傑作，應該是引用歷久彌新的敘事方式，維持敘事傳統的作品。

我們在考慮每個故事的優點時，會問自己這位作者究竟開發了多深程度的感情和洞察力。這位作者對於作品訴求的「誠意」（依托爾斯泰的說法，這是他檢驗卓越的標準）有多大？偉大的小說（好小說）正如所有認真的讀者都知道的，無論在感性和理性方面都有著非凡的意義。最佳的小說應該要有……分量——我一時想不出更好的字眼（而羅馬人在說到有實質的作品時，是用「莊嚴」這個詞）。總之，無論它叫什麼（甚至沒有名字也行），只要它一出現，大家都認得出來。當讀者看完一篇精采的小說，把書擱在一邊之後，他一定會先讓自己靜一靜。在這個時刻，如果作者寫得成功，就會引起共鳴，有一致的感受。或者，就算達不到一致的境界，至少讀者可以從不同的境界中領略到一份新的感悟，這就是我們的出發點。最好的小說，我們現在所談論的這類小說，就該帶來這樣的反應。如海明威說的，要讓作品變成讀者切身的一部分經驗。否則，我們要不客氣的說，那又何必要讀者讀它呢？或甚至進一步說——我們又何必寫它呢？一部偉大的小說（這是千真萬確的，我們絕對騙不了自己），當其中的人性彰顯出來的時候，總是會產生一種「認知的震撼」。引用喬伊斯的說法就是，當故事的靈魂顯現時，「它的本質，就會脫離外在的法衣一躍而上。」

托爾斯泰在莫泊桑作品集的引言中寫道，才華是「對某個題材有直接強烈又專注的能力……能看到別人所看不到的一種天賦」。這一項，我們認為收錄在這本選集裡的作者都做到了，他們對所寫的題材都投注了「直接而強烈的專注」，他們清楚有力的看到了別人所看不到的東西。另一方面，鑑於部分作品非常堅持在描述所謂的「熟悉的事物」，我們覺得這也是一種效果——可以說是「才華」的另一種定義。我們想說，才華或天賦，也可以是一種「看到別人已看到的東西，只是看得更清晰、更全面的能力」。而藝術，便是存在於這兩者之中。

這本選集中的作者個個有才華，個個才華洋溢。但是他們還有另外一個能耐：說得一口好故事。而大家都知道，好聽的故事始終大受歡迎。引用西恩・歐法蘭的話，他是早期那本選集裡的一位作者，這些故事都具有「一個生動耀眼的目的地」。我們希望書裡有不少的篇幅能夠令讀者感動，或許能因此找到一個歡笑、戰慄、驚嘆的機會，甚至因為故事裡的一些生活情景，而有惶惶不可終日的感覺。

20 關於當代小說㊴

我覺得很有趣，目前有愈來愈多優秀的作家以短篇小說的形式創作出各種「品牌」的作品。這些作家，有些相當有才華而且出版過非常優異的作品，他們都已經公開表示今後不再寫長篇小說——也就是說，他們對於創作長篇小說的興趣少了，或者根本沒了。是這樣嗎？他們似乎欠缺一個說明。但有必要說明嗎？寫短篇小說也很好啊。再說，如果談到錢的問題（其實，有哪時候不談到錢呢？）應該這麼說，現在短篇小說選集的預付稿費和同等級長篇小說的預付稿費一樣多，或者是，一樣少。一個出版短篇小說選集的作者，他或她的銷售數字，一般來說，可以媲美寫長篇小說的同道。而且，任何人都會對你說，現在最多人談論的全都是短篇小說家；有些人甚至說，所謂的「新銳」就得往短篇小說家去找。

對短篇小說家來說，有沒有遇到過像現在這樣的一個時期？我認為沒有。至少，就我所知是沒有。不久前，大概十年前吧，一個短篇小說作家要想出一本書難如登天（我並不是說現在很容易，只是十年前比現在更困難）。當時那些精於算計市場水溫的出版商很清楚，外面沒有這麼多的閱讀大眾，短篇小說的讀者群更少，因此一旦要出版短篇小說時，他們總是對作者百般刁難。這種無利可圖的案子，照他們的想法，最好——就跟詩集一樣——留給一些小的獨立出版社，甚至為數更少的幾家大學出版社去接吧。

現在，如大家所知道的，情況大不同了。不僅一些小出版社和大學出版社繼續在出版短篇小說選，事實上，一些主流大出版社也開始正規的發行第一批（有一就有二，就有三）數量可觀的短篇小說選集了——同時也在媒體上開始了常態的、醒目的書評。短篇小說堪稱一片榮景。

我個人認為，或許最好的作品（當然是指最有趣最令人滿意的，甚至，最有機會歷久不衰的作品）就出自短篇小說。至於說什麼「極簡主義」或「極繁主義」——我們誰會在乎自己所寫的這類小說最後被人叫成什麼？（難道說對這種迂腐的爭論還不厭煩嗎？）短篇小說肯定會繼續吸引更多的注意、更多的讀者，只要這些作者繼續創作真正

㊴此為「美國當代小說研討會」（A Symposium on Contemporary American Fiction）中的一篇獻言。原文並無標題，刊載於一九八七年密西根大學《密西根季刊》第二十六期。

有趣、耐看，值得關注、讚許，吸引更多知音讀者的作品。

就目前創作和出版大量短篇小說的情況來看，我覺得這是我們這個時代最重要的文學現象。它為式微的主流美國文學提供了新的思考，甚至——隨時都有可能——讓它開始起飛（至於往哪飛，當然沒有一個定數）。且不論這種說法是否獲得認同，但有個事實是：大眾對短篇小說的興趣復甦，對於振興美國文學絕對有幫助。

21 關於篇幅較長的短篇㊵

花了幾天時間讀完本書編輯慎選的十九個短篇之後，我問自己，「我記得些什麼？我應該從這些作品中記得些什麼？」我想這一點，毫無疑問，就是驗證說故事功力的諸多標準之一：口氣、情境、人物和細節的處理，是否能讓人過目難忘？甚至在人心中留下永不磨滅的印象？因此，在這麼多好看又有活力的作品中，我最優先挑選的，幽默占了很重的分量。我說的幽默，並不是「哈哈大笑」的滑稽，雖然有時候確實會發生。但要是能來上幾聲開懷大笑，你不覺得世界都亮起來了嗎？不過在這裡我讚賞的是，年輕人的狂妄失禮一旦對上所謂的「大人們」的嚴肅認真，引發出來的那種特別好笑的喜感。

㊵《美國小說八八》（*American Fiction 88*）的引言，此作由麥可．C．懷特（Michael C. White）與艾倫．戴維斯（Alan Davis）合編。一九八八年於康乃狄克州法明頓，由衛斯理出版社（Wesley Press）出版。

〈犧牲品〉是由安東尼亞．奈爾森寫的，我把這篇排名第一，從這個故事裡可以清楚看到現在這些最優秀的年輕作家想要呈現的東西——一種活力，熱愛暗藏的事物，熱愛緊張刺激的窺視，對於一些屬於我們那個時代的禮俗不明就裡的迷戀，而這些禮俗雖然已經殘缺不全，卻依然苟延著。在故事中我們同時也目睹了家人之間最基底的關係。

為這個故事做旁白的是一個年輕人，他在姊姊再婚（這次嫁給一個黑手黨）的婚禮上負責泊車，這個年輕人正在體會成長的意義，為改變命運的決定做準備。當天他看到了住在對街的一個吉普賽大家族，發覺他們的生活跟他的家人大不相同。他姊姊結婚的日子，吉普賽人的屋子裡恰巧在辦喪事，年輕人看見一口棺材被抬進了屋裡，後來他又看著送葬的隊伍沿著大街走向附近的一個墓地。很可能因為他把活力和神祕這兩樣截然不同的東西並列在一起——把婚禮和喪禮，把他父親開旅館的生意經，和坐在草坪上的吉普賽人沒來由的連結在一起——這個連結立竿見影的增加了故事的立體感。再加上旁白者天生自然的氣度，和他對過去現在未來重疊的怪奇感受，整篇故事的特殊性就立刻跳出來了。故事裡的場景和旁白者的內在抒發互相呼應，強勁無比。因為如此，才會產生下面這個功力一流的橋段。這是旁白者開著他表哥的「凱旋噴火」跑車，在他初學開車的墳場裡穿梭。

這條路是單線車道，迂迴曲折的穿過各式各樣的死人區，這讓我想到德國境內的高速公路大概就是這個樣子。不管開到哪裡，我們前面都會有成群的烏鴉在飛，彷彿是從跑車的引擎裡飛出來似的。天很黑了，應該要打開車頭燈了，可是我喜歡在昏暗的暮色中開車。感覺上我好像真的可以駛向某個地方，而不是老在原地兜圈子。

就這樣，不必作者再多說什麼，一句「原地兜圈子」已經讓我們這些讀者領略到那是攸關生死的大事。

最佳的作品裡面會有一些好東西值得你讀第二遍，其中之一，必然跟情節和含義之間的接觸點相關聯。我剛才探討的那篇小說，就出現這樣的「瞬間」，旁白者注意到姊姊，那位新娘「蒼白」的臉色。她的前夫試著安慰她，作者透過他說的話，搭橋鋪路的點出了附近的喪禮場景：「在行禮之前我們會給你抹上一點胭脂，」前夫對伊芳說。「我們會幫你抹得很漂亮。」這就是閱讀的樂趣之一——在編織交錯當中抓到要領，最優秀的作家寫作，就如爵士鋼琴家塞希爾．泰勒說的，不只是橫向的，更要顧及縱向的發展——而且毫不費力，全憑直覺。

手邊這篇作品的「氣場」到底有多令人折服？這是我的另一個考量，像許多讀者一樣，我不愛看無病呻吟或是過分關注自我的東西。我不會把時間浪費在那些自以為是的人身上。作品裡必須要有一些難以預料的大事，一些從句子中慢慢出現的東西。然而，就如契訶夫寫的小說那樣，我喜歡用輕淺的筆觸點出故事的結局。〈犧牲品〉這篇主要的議題並不在於姊姊嫁給了一個笨蛋，而是，旁白者覺得童年時期最親近的一個人，「你只要一開口，他就知道你在說什麼的一個人」正在消失的感覺。這同時更深入的牽扯到年輕人在突然絕望的瞬間窺探到了他父親的失敗，而這個做兒子的正實實在在的步上父親的後塵：「我就是他，我就是我的父親，我就是在過他的生活。」

同樣的，保羅．史考特．馬龍寫的〈把喬伯帶回來〉（我把這篇排名第二）最厲害的一面，就是讓讀者捲入故事裡的生活，感同身受的開始體驗它的責任和重擔。它講述的是一個女人（尤其對故事中的黑人女性）十分熟悉的世界；一個任憑信任和無言的忠誠被男性犧牲糟蹋的世界，他們利用甚至濫用女性這份珍貴的饋贈，彷彿那原本就是他們與生俱來的權利。其實這不算是一個新鮮的主題或揭示了什麼，但是馬龍藉由他塑造出來的角色露比，讓整個故事變得搶眼而深刻。露比是故事中的主角，一個不只是令我們同情的女性，更且從她身上認清了我們自己的生活：我們同樣也在為生活中穿插的各種逆境奮鬥著。豐富的結構，生動的對白，這篇小說令我過目難忘。同時，看到一位男性能夠如此自信又真實的為一位女性設身處地，也令人激賞，就像我很高興在〈犧牲品〉裡看到一位女性能完全以年輕男生的立場發聲一樣。一個作家能夠脫離並呈現與他或她自己相反的性別身分，這份能耐對於我們的認知和發現必然會有影響。

在我的第三選擇，珊卓．多爾的〈在黑暗中寫字〉中，我們遇到一個父親打過二戰的女孩。透過女孩與父親之間的關係，我們體驗了戰爭的恐怖和不安，也體驗了一個孩子的認知和生活在父母的要求（經常是毫無道理的要求）之下，孩子們不得不容忍而產生的間隙。這是一個情慾糾結的家庭側寫，故事中父親的生母，克拉拉，因為精神病而變得像個孩子，然而，在旁白者的想像中，她依然保持無比的光鮮和活力。從這個故事裡，我們又再次感受到年輕作家的重要性，他們往往很真性情的在展現極端，展現不同面向中極端的現實——不論是殘酷或是逆境中依然故我的純真。

就短篇小說而言，這三篇作品相較來說是比較長的，還有好幾篇由編輯遴選出來的也是如此，這使我對於這本選集，甚至對於一九八八年美國的小說創作有了一個概念。我以為把短篇小說的文稿拓展至十到十五頁以上的長度，想必有一種健康的企圖心，也或許是利用長篇小說的策略以便達到某個境界。這本選集裡收錄的許多篇幅，我們發覺，故事中的角色若放在一個社會或是一個大家庭裡，將會刻畫得更周全。相形之下，時間感比較不受所謂「傳統敘事法」的箝制，我們體驗到的反而是一種交叉重疊的時間感，這樣看來，增加長度似乎是一項必備的條件。主要和次要的人物以及兵分幾路的情節，在較長的短篇小說中可能更容易發揮。

想到了我欣賞的契訶夫作品裡，有三篇的篇幅都比較長——〈在峽谷裡〉、〈帶小狗的女士〉和〈第六病房〉（這一篇有時候就稱它為中篇）——這讓我更明白為何自己一直以來都很鼓勵「長手長腳」的短篇小說。有可能是因為，最近這幾年寫詩講究所謂「骨肉勻稱」的束縛，在短篇小說上也開始有某種程度的影響。也就是說，如果這本選集對於以後的發展成了某種線索，年輕作家們對於短篇小說也可能會選擇（或者至少會去開發）一個在某種程度上比較有彈性的領域，可以省卻結論，追求一種我們稱之為繁瑣的人物關係與事件的寫作能力。不過即使有這樣的企圖心，若是遇到一些先天不足、太笨拙、太乏味的議題，也可能會造成很大的傷害。但對於那些有膽識有才華的作家來說，這個結果倒是能為短篇小說激發出一個很完整的願景。在一篇談論寫作的散文中，我曾向寫小說的作家們建言，要「走進去，就離開。不要流連」。到現在我仍然認為這是一個放諸四海而皆準的規則，非常適用於我最欣賞的短篇小說。我們都喜歡驚奇，不喜歡受所謂「經驗法則」的拘束，就是這樣一份興致，我發現自己對於長篇幅短篇小說的出現充滿好奇，我自己也常常採用這個形式。我把這種篇幅較長的格式看作是這本選集裡最佳短篇的一個重要特色，從而讓我開始思考現階段短篇小說的走向和展望。

我在注意篇幅較長的短篇小說的同時，發現這本集子也不缺十五頁稿紙左右的佳作。烏蘇拉．黑吉的作品〈救一條命〉，敘述一個年輕女性在熱愛游泳的母親死於河裡之後，勇敢面對一切的經過。這個短篇表現得簡練精準，可圈可點。麥克．布雷恩的寫法十分討喜。旁白活潑生動而且充滿渴念，使我們不禁想起自己年輕的時候，想起某某人的姪女或外甥、兒子或女兒，想起當時的生活（聽說的和猜想的要比真正在過著的生活多得多）。高登．傑克森的〈在花園裡〉把神祕和平凡兩種元素結合在一起。故事講的是一個失去純真的年輕人，起因是他發現了那個趁他們工作的「大男孩」餐廳停電時挑逗他的女孩十分淫亂。

這些作品每一篇都繞著「失去」在轉，只靠幾個場景就把這個主題表現得淋漓盡致。每一篇作品裡都有敘事者非常渴望表達的東西。換句話說，我所談的都是一些「非寫不可」的作品，非常值得推薦。編輯告訴我他們之所以選擇這些作品，為的是鼓勵新秀。我也把這本選集視為一個認識新作家的機會，這些後起之秀屬意的是特別針對年輕人的主題——這些作品是在探討並重新評價前輩遺留下來的傳承。在這同時，我感受到年輕人的自由，勇於冒險的意願；這一點，對我們大家來說確實是一股新鮮的空氣，無論對作家或是對讀者。

第五部
書評

22 大魚，神話般的魚㊶

大魚總是會逃掉。你想想〈大雙心河〉裡尼克．亞當斯的那條大魚㊷，諾曼．麥克林《大河戀》㊸裡那些大到把釣線都綳斷的鱒魚。再想想所有大魚故事的原生經典，《白鯨記》㊹。大魚會逃掉，一定會，而你也一定會因此傷心難過。這本由威廉．韓福瑞寫的新書就在講一個人釣到大魚又讓牠逃掉的故事，不過這人並沒有傷心難過。他反而因為這次的經驗更加開闊豐富了他的人生，而看這本書的我們也跟他一樣。

顯然，威廉．韓福瑞已經交出了一本很優秀的小說。書裡面的主要角色，無論男

㊶此篇為《我的莫比．狄克》（*My Moby Dick*）書評。本書為威廉．韓福瑞（William Humphrey）著，一九七八年，紐約雙日（Doubleday）出版社出版。

㊷原名 *Big Two-Hearted River*，海明威一九二五年的作品。

㊸原名 *A River Runs Through It*，諾曼．麥克林（Norman Maclean, 1902-1990）一九七六年作品，後曾改拍成電影。

㊹原名 *Moby Dick*，梅爾維爾一八五一年的作品，美國最偉大的小說之一。

女，都是「帶動」的角色，在這個角色身上所發生的一切，則強烈影響整個故事的大局；也因為某些事情的發生，改變了他（或她）對自己、對世界的看法。在《我的莫比．狄克》這本書的結尾，作者告訴我們，他整個改變了，而我們也相信。從開始到結束，我們全程看著他在對付一條大魚，這魚的尺寸和外觀令人敬畏的聯想到上帝的化身。這條大魚使得作者認識了愛、恐懼、崇拜，和生命的無限神祕。

只有「比爾」——作者如此稱呼自己——沒有別人，有幸目睹這條褐色的鱒魚，「這條極有可能是創紀錄的大鱒魚——極有可能是這世上數一數二的一條大鱒魚。我的天！（韓福瑞在小說裡用的這個驚嘆語是東德州人在表達驚訝或不敢相信的時候很喜歡用的一句話。）

這條魚到底有多大？這個超乎尋常的追捕到底發生在哪裡？在這以前我們怎麼從來沒聽說過這一條比爾的大魚？這麼大的一條魚早該上報了，不可能只在書上記載而已。

這整件事，比爾告訴我們，發生在幾年前，就在柏克夏一條深受梅爾維爾和霍桑[45]喜愛，名叫「幻影溪」的小碼頭上。比爾推測這條大魚八成是在溪水氾濫時，從一個叫做史托布列治盆的大湖給沖刷下來的。史托布列治盆位在波士頓交響樂團避暑別墅——坦格沃德附近。就在他動手準備釣起這條大傢伙之際，忽然聽見貝多芬的〈歡樂頌〉，像雷鳴似的從坦格沃德隆隆的打下來。「音樂聲似乎來自光年之外，合唱的聲音如此遼闊，聽著就像天使的和聲：非凡和諧，天籟之音。」在見到大魚之後，比爾這樣寫著：

牠像火箭似的又從水裡升上來——上升再上升，身體還在往上升，沒完沒了。牠懸在水面的時候，看起來更像鳥，而不是魚，牠身上的斑點和發光的鱗片看起來就像鳥的羽毛。我真的有點希望看到牠展翅飛翔，然而，就像牠吃的那些蟲子一般，牠已經蛻變孵化了。牠亮麗的濕潤外型有著彩虹般的光澤，當牠升入陽光中，牠身上的斑紋閃閃爍爍，彷彿全身鑲滿了珠寶……忽然，牠像撐竿跳的選手般騰空一個翻滾，潛入水中，拍擊的力道之大，把湖水拍打成兩半往外溢了出來。

這恐怕不只是美國最大的鱒魚，而且牠身上還有該隱㊻的印記——私生子，凶殘成

㊺ Nathaniel Hawthorne，1804-1864，十九世紀美國小說家，《紅字》是他的代表作。

㊻ Cain，聖經人物，亞當與夏娃的長子，按〈創世記〉中所寫，他是一個農夫，因上帝不喜歡他的供物，而把牧羊的弟弟亞伯殺死。

性，加害者的印記。牠一隻眼瞎了。「白塌塌的，不透光，沒有瞳孔；就像被烤熟的魚的眼睛。」

那牠「到底」有多大？你還是要問。比爾一步一滑的朝著那條大魚走過去，大魚把瞎眼的一側貼著河岸躺著。故事的這個部分他找了韓福瑞太太一起作證（聰明的傢伙，他相信他的讀者絕不會不講理到懷疑她說的話）。比爾和韓福瑞太太趴在地上，比爾用一把木匠的計算尺丈量。他說那魚身長四十二吋多一點，牠的肚圍相當於他的大腿。他估計牠的重量達三十磅，也許超過。我的天！

比爾完全被這條大魚「懾服」了，但他決定要殺死牠，這條大魚讓他同時感到憐憫又恐懼（你不會要抓這麼大的一條魚，你會把牠殺了）。他是很有耐心的人，又似乎沒太多別的事可做，所以他耗費了幾個早上、下午、晚上，一直守著這條魚，觀察牠的習性：

我記錄下牠進出來去的時間，就像殺手在確定他下手對象的作息時間。牠總是到同一個進食地點，就在水塘盡頭一條細小的支流形成的漩渦那兒，就好像餐館的老顧客習慣坐在專門留給牠的那張桌位……等我確定了牠從橋下的老窩進出的時間之後，我就到

那裡，趴在牠出沒的位置，等著牠天亮出來吃早餐，黃昏出來吃晚餐。

有一個男孩每天到溪邊，看比爾毫無所獲的在那裡拋釣線和魚餌。他覺得比爾是個笨蛋，男孩就這麼對他說。他們稍微聊到那條大魚，再從大魚聊到外面的世界。在決定命運的最後一天男孩也在場（這正是你最想聽到坦格沃德樂聲響起的一刻），看到比爾獨力釣到了這條大魚，這個獨眼老怪。男孩默默的看著這場短促的、力量懸殊的競賽，忽然，他全身發抖，氣憤的大叫：「你抓到牠了，你又讓牠跑了！」

「垂釣文學分成兩個類型，」韓福瑞如此說，「指導型和信仰型。前者是由會寫作的釣者在寫，後者是由會釣魚的作者在寫。」這是一本信仰型的書，對這個世界，和另一個世界的神祕充滿了愛和罕見的尊重。這本書與韓福瑞早期那本關於釣鮭魚的小說，《產卵季》，是很好的姊妹作。

23 巴塞爾姆的無人性喜劇㊼

我從大學時候讀到唐納德．巴塞爾姆的第一本短篇小說集《回來吧，卡里加利博士》開始，就一直是他的崇拜者。那時候凡是我認識的人每一個都在談唐納德．巴塞爾姆，有一陣子大家都努力的在學他那樣寫作。唐納德．巴塞爾姆就是我們的偶像，偶像啊！到現在那些人裡還是有一些想要寫出像他那樣的小說，成功的卻少之又少。當時模仿他的人，主要是全國各地大專院校寫作班的學生，現在也是。巴塞爾姆的短篇小說對於年輕一輩的和不算太年輕的作家影響相當大，但是不見得一定有用。

模仿——沒有一個說法比這個更恰當——是很容易被認出來的。你不時的就會在哪裡看到這些出版品，更常見的是，全國各地寫作班學生交出來的大量仿作，很多都是以巴塞爾姆的短篇小說作為研習的範本。

仿效巴塞爾姆的這些短篇小說，幾乎無一例外，寫的人簡直是對自己所創造的角色嚴重缺乏興趣和關注。這些人物角色都落入非常可笑的境遇，不是遭到極端的嘲弄就是徹底的輕蔑。他們完全不可能表現一般正常人多少應該有的一些反應。這些角色的情緒表現，除了在被嘲弄時有明顯差別，否則根本都是沒起伏的。小說裡的人物也不可能「看見」他們該不該對自己的行為負責，更別提「接受」了。感覺上故事裡的任何一件事，都不需要合理性，或者說，沒有一件事具有任何關聯、價值或分量。這個世界是在走下坡路，沒錯，老兄，但一切都還是有其對應的合理性吧。而這些小說裡的人物通常沒有姓，更常見的（就像《偉大時光》裡的那些短篇）是連名字也沒有。不過很顯然，這些作者是執意要寫出不講求合理性的小說。他們認為世上本來就沒有合理性可言，因此允許他們小說中的人物肆無忌憚，不必受任何正常的道德約束。簡單一句，就是任何事物都沒有價值可言。

模仿者學到巴塞爾姆的皮毛，學會了那些簡單容易又明顯的東西，卻沒有他卓越的才華，沒有他那種令人驚豔的，原創式的表達愛與失落、勝利與絕望的天賦。於是滿目瘡痍，遍地都是失望和心碎，真是天曉得，如果一個作家專門寫這類東西，整篇都是

㊼此篇為《偉大時光》（*Great Days*）書評，該書為唐納德·巴塞爾姆著，一九七九年，紐約法拉，史特勞斯與傑若（Farrar, Straus & Giroux）出版。

一些無病呻吟，自怨自艾的人物在吞噬來路不明的焦慮、苦惱和哀怨——這，當然是不行的。巴塞爾姆也不是這樣對待他的小說。他筆下的人物從來不卑劣、小器。他能令你感動，同時又能令你開懷；他也能夠激起卡繆所謂的「同感」——儘管他寫的小說往往都像是開在馬路上長相最奇特的車子。跟在《回來吧，卡里加利博士》之後，他在一九六七年出版了帶有實驗性、篇幅很短的長篇小說《巴塞爾姆的白雪公主》。接下來，一九六八年，就是那本奇妙無比的選集《不可言說的實踐，不自然的行為》；一九七〇年，《城市生活》則收錄了更多短篇。《悲傷》，是另一本非常好的選集，於一九七二年出版。《亡父》，是一個長篇，一九七五年出版；《業餘愛好者》，又是一本短篇小說選集，於一九七六年出版。巴塞爾姆就以這些原創作品為他自己在美國文壇爭得了一席之地，也榮耀了短篇小說創作的地位。

因此我在這裡要說聲抱歉，我不喜歡他的新書《偉大時光》。這本書並沒有令人十分失望，但就是失望。《偉大時光》不會使人失去對巴塞爾姆的尊敬，不會對他的成就減分，但也不會加分。這本選集中的十六個短篇沒有一篇接近他早期那些作品選集裡的力度、繁複度和共鳴度，譬如〈印第安人暴動〉、〈氣球〉、〈羅勃．甘迺迪沒淹死〉、〈看見月亮嗎？〉、〈睡魔〉、〈日常生活批判〉、〈腦損傷〉、〈判決〉、

〈見到我父親在哭泣〉。《偉大時光》中有七個故事都以「對話」的方式進行，一對沒名沒姓的男或女之間的對話（性別總是搞不太清楚），空洞的聲音剝奪了一切，連想要囉唆的意願都免了。

有時巴塞爾姆確實能吸引你對文學的幻想，這個集子裡還是有一些古怪有趣的俏皮話，但真的沒有任何創新的突破，也沒有任何貼近人心或讓人感到親切的東西。最後這一點正是這本書最嚴重的缺點。這些故事裡缺乏接近人性的東西，是很令人擔心的。這本集子裡，他似乎離我們關切的、或是我個人認為我們應該關切的事物，愈來愈遠。

這本書裡比較有趣的兩篇作品都不是對話的形式。一篇是〈爵士王〉，主角是霍基．莫基，挑戰他的對手叫做山口秀夫，「全日本第一伸縮喇叭手」。另外一篇是熱鬧滑稽的故事，叫做〈愛德華．李爾之死〉，講的是一場喜劇化的告別式：十九世紀一個寫打油詩的作家發請帖，邀請大家在「一八八八年五月二十九日上午兩點二十分前來見證他的死亡」。

其他的篇幅有太多都像是——我真的很不想這麼說——都像是唐納德．巴塞爾姆在模仿唐納德．巴塞爾姆。精湛的技巧和創意都在，只是這次的創意很不自然，很勉強，跟所謂的「同感」相距很遠，所以，最終，就是讓人感到非常乏味。

24 激勵人心的故事㊽

吉姆．哈里遜㊾寫過三本長篇小說——《狼》、《吉日往生》和《農夫》——還有好幾本傑出的詩集。《農夫》是他寫得最好的一個長篇，是一本細膩的現實主義小說，描寫一個獨居在密西根北部鄉下捕魚打獵的男人，他在那塊土地上謀生度日，跟小學老師談戀愛，讀過幾本好書，他為人正派，有趣，帶一點複雜又令人摸不透的個性是此人最獨特之處——這顯然就是哈里遜本身很喜歡親近的一種人。這是一本很誠懇的書，寫得十分用心嚴謹。《秋之傳奇》則是集合了三篇不算太長的長篇小說——說得更恰當一點，是三個中篇——在《農夫》出版四年之後問世，正是哈里遜的全盛時期，很值得一讀的一本書。

這三篇裡最好的一篇作品叫做〈放棄名字的男人〉，長度剛好超過九十頁，寫得極美。真是一篇出色的傑作，故事涵蓋的是一個我再熟悉不過的領域：一個四十出頭的男人生活中的變化。但我認為，這個中篇絕對可以媲美同類題材中一些最優秀的典範——譬如康拉德、契訶夫、湯瑪斯．曼、亨利．詹姆斯、梅爾維爾、勞倫斯，還有伊薩克．狄尼森這些人的作品。

諾斯壯是〈放棄名字的男人〉裡的「英雄」㊿（這三個中篇的主角全都是由「英雄」在扮演——這個名詞再恰當不過。同理可證，壞蛋真的「就是壞」）。諾斯壯是洛杉磯一家維修公司的主管。就像哈里遜筆下所有的男主角一樣，他的老家在中西部鄉下。他放棄一切，放棄事業家庭，獨自搬去東海岸過一種完全不同的生活——譬如上烹飪學校，就是一個例子。晚上他一個人聽音樂，什麼音樂都聽，梅爾．海格（美國鄉村音樂作曲歌手），賈普林（Janis Joplin，搖滾歌手）的〈珍珠〉，海灘男孩（美國搖滾樂團），史特拉汶斯基（美籍俄國作曲家，鋼琴家，指揮家）的〈春之祭〉，歐迪斯．雷丁（靈魂樂歌手），死之華（美國樂團，開創迷幻搖滾的先河）。他對於原來的生活並

㊽評《秋之傳奇》（*Legends of the Fall*），吉姆．哈里遜（Jim Harrison）著。一九七九年，紐約德拉寇特出版社／西莫．勞倫斯（Delacorte Press/Seymour Lawrence）出版。

㊾Jim Harrison，1937－，美國作家，代表作有《秋之傳奇》，改編成電影《真愛一世情》。

㊿Hero，英雄，同時可做男「主角」解釋。

非失去信心，只是沒了興趣。就像托爾斯泰筆下的伊凡．伊列匾，他是被那種感覺征服了：「萬一我這輩子所做的事全部都是錯的，那該怎麼辦？」諾斯壯的妻子，蘿拉，是一位從事電影製作、非常有趣的女人；他也有女兒，桑妮雅，是一流學府莎拉勞倫斯學院的學生。諾斯壯參加了桑妮雅在紐約市舉行的訂婚宴，席間，他在吸了幾口古柯鹼之後，為細故跟人起了口角，對方是一個很惡劣的三人幫：一個叫史拉茲的黑人痞子，和他的白人女友莎拉，還有一個同夥，叫做巴爾托的無賴。他們開口敲詐，諾斯壯就把巴爾托從飯店窗口扔了出去。然後他去了佛羅里達群島，在一家小餐館打工，一個星期上六天班，專門負責油炸。他每天早上去釣海鰱，晚上下了班一個人對著電晶體收音機跳舞。我不知道該用什麼樣的口氣才不會顯得太過傷感，但是諾斯壯在這個地球上真的已經找到了屬於他的一份幸福。

我沒辦法一開始就對這個作品裡各個角色的細微差異，以及情節上的複雜性，做出詳盡充分的評論。就寫作本身來說非常精準。艾茲拉．龐德認為陳述精確是寫作最基本的道德，這個主張現在也許對，也許不對。約翰．加德納很可能不認同，不過我認為加德納一定也會認同這篇作品，不單是因為使用的語言優美精準，對於人生有細膩的刻畫，同時，更因為它的智慧和對生活的闡釋——包括我們自己的生活在內。

這幾個中篇裡每一篇都遵循老派說故事的基本要素：情節，人物，行為。在〈報復〉這一篇裡，柯克蘭奄奄一息的被丟包在墨西哥北部一條偏僻的道路上，所幸由一名叫做迪勒的醫護人員給救活了。就在柯克蘭慢慢康復的時候，作者讓我們看到他又陷入了另一個困境：為了一個女人，別人的老婆。提貝（也有「鯊魚」的意思）．巴達撒諾．曼德斯是個心狠手辣的富商，他的第一桶金是靠毒品和賣淫賺到的。跟他是網球球友的柯克蘭，竟愛上了他美麗又有教養的妻子米亞——他們在提貝的圖書室相遇，兩個人在找同一本書，皮面精裝的加西亞．羅卡詩集[51]。兩人到柯克蘭位在塔克森的公寓裡幽會幾次之後，又計畫前往柯克蘭在墨西哥買的木屋住幾天，不料被提貝和他的手下盯上了。他們把柯克蘭打個半死，把他的車和木屋全燒了，然後「提貝從口袋掏出一把剃刀，熟練的往米亞的嘴唇上劃了一道，這是對不守婦道的女人一種古老的報復方式。好了，幾個月之後，柯克蘭開始了他的雙重「追查」行動：找提貝復仇和搜查米亞的下落。

這時提貝已經把米亞送入了墨西哥杜蘭戈城最劣質的一家妓院，她在妓院裡被逼吸

[51] Federico García Lorca，1898-1936，詩人、劇作家，西班牙最傑出的作家之一。

食海洛因。她趁神智稍微清醒的時候，刺傷了一個男人，於是被移送到一間專收「婦女重度精神病患」的祕密收容所。又經過了幾場暴力死亡事件，這是精心計畫的一部分，提貝和柯克蘭終於又重修舊好，接下來故事進展到那間收容所，此時的米亞已命危，原因我們只能憑猜測，應該是令人肝腸寸斷吧。

現在的她藥石罔效。一個最老派的故事裡最老派的一幕：柯克蘭為這個瀕死的女人掛上一條土狼牙齒的項鍊，然後「她唱起一首他最熟悉的歌，嘶啞的聲音只比得過夏天的一隻知了。這是她的死亡之歌，她看著坐在身旁的他，離開了人世，一縷芳魂像雲朵般悠悠的遠去。天下起雨來，樹上一隻小鳥在低聲吟唱，彷彿是馬雅人的魂魄在掙扎著想要回到這個世間」。

米亞死了——就這麼簡單。儘管場面有些難堪，結尾卻奇譎得令人動容，花一些時間來看這篇小說非常值得。

沿用作為書名的小說，《秋之傳奇》，是一篇大師級的作品，故事時間跨度很大，上通一八七〇年代，下達現在的一九七七。故事開始於一九一四年十月的蒙大拿州，年輕的三兄弟正在前往加拿大的路上，為了當志願軍參加第一次世界大戰。三兄弟的老大，阿佛烈，後來成為美國蒙大拿州的參議員；老二，崔斯坦，就是這篇小說的主角，他就像以色列王亞哈，詛咒上帝，一生厄運不斷；山繆，最小的一個，才十八歲，是哈佛學生。他們的父親威廉・路德洛，是富有的牧場主人，也是一位騎兵團的退伍軍官，在卡士達將軍麾下服役。以下就是這篇充滿著人與大自然的作品中關於卡士達將軍的一段描述：「路德洛記得那時卡士達在對部隊做一場奇怪的演講，他那頭金色的鬈髮上沾了好多蚱蜢。」這三個年輕人的母親是出身東部的名媛，每年大部分時間都在忙著聽音樂會和搞外遇。

山繆在法國遇害（崔斯坦把他的心臟取出來，封上石蠟，裝船運回蒙大拿）；阿佛烈受重傷，崔斯坦發了瘋，開始剝德國人的頭皮。後來，崔斯坦回到家鄉，跟波士頓的表妹蘇珊娜結婚，帶她回到牧場。但是焦躁不安的他，很快又離家出走，一走就是十年，他駕著自己的帆船到非洲和南美冒險。等他再回到蒙大拿時，發現妻子已跟他離婚，改嫁阿佛烈。這時蘇珊娜也發了瘋，後來被送進療養院並且死在那裡。崔斯坦再娶，跟一個混血女子結了婚，生了兩個孩子，過了幾年幸福的日子。然而這份幸福卻因為妻子意外被一名禁酒密探打死而破滅（你詛咒上帝，休想逃得過）。

崔斯坦再度發了一陣子瘋，之後開始大規模的販售威士忌。在這段期間與舊金山凶惡的「愛爾蘭幫」起過多次衝突，其中一次甚至追殺到紐約撒拉托加泉市。故事結尾回到蒙大拿的牧場，在牧場發生了更激烈的暴力事件，壞蛋得到應有的懲罰。

雖然情節發展的速度太快，但不失為一個好故事——「真是激勵人心」，套一句過去的慣用語。吉姆．哈里遜真的好，他以這本書向說故事這門老式藝術致上了最高的敬意。

25 藍鳥的早晨，暴風警報[52]

「所有的一切都靠地心引力在運轉。重的往下落，輕的飄離開。」這是〈梵谷田〉裡，一個麥田主人在解說如何操作打穀機時的一段話，〈梵谷田〉是威廉．基特里奇這本令人驚豔的原創性選集中的一篇，選集依此為名，並贏得一九七九年聖勞倫斯小說獎。**重的往下落，輕的飄離開。**稍後作者在這篇故事裡又說：「你做了什麼很有關係。你所做的，不管對或錯，都會有後果的，兄弟。」我必須要說，這句話在生活上和在這篇佳作裡同樣的真切。**你做了什麼很有關係**。仔細聽好：這些故事都是關於人和人的作為，以及因作為導致後果的故事，非常精采。這是一個沒有太多作家涉足、獨一又特殊的區塊。我想到了華勒斯．史特格納、瑪莉．畢爾、H．L．戴維斯、瓦特．克拉克等

[52] 評《梵谷田》（*The Van Gogh Field and Other Stories*），威廉．基特里奇著。一九七八年，哥倫比亞密蘇里大學出版社（University of Missouri Press）出版。

等的作家群組；現在，我們可以把威廉·基特里奇加進去了。

西部確實是個遙遠的地區，它並不是指西海岸的那些大城市，像是舊金山、西雅圖、波特蘭、溫哥華之類；這些城市裡的人，相較於基特里奇書中的那些人物，他們所承受的影響還不如歐陸來得大。這些故事裡的西部是從加州中北部的雷德布拉夫市，穿過奧勒岡東部進入愛達荷、蒙大拿和懷俄明。著墨於各個小鎮、峽谷、客棧和廢棄的農莊，基特里奇呈現給我們的這一批人物距離美國夢的時代已如光年般遙遠，這些人物的美好希望早已支離破碎，就像報廢了的老舊收割機，早被丟棄了。

基特里奇對於他這片土地上的氣候一清二楚。這裡的氣壓計下降速度太快，有人因此受傷，有人因此死亡。故事中的人物，有的死於酒精中毒，有些被馬踹死，有些被收割機輾死，有些因為酒醉開車在高速公路上睡著了而活活被燒死。再不然，還有些人遭到某個「壞到骨子裡」的怪小孩殘殺致死，就像〈肥皂熊〉裡所寫的，這篇大師級的精采中篇小說，它的故事張力和對於一個地區的生動描寫，讓我想到威廉·蓋斯的〈彼得森小子〉。仔細聽聽下面這段話。想想看如果有這樣一個人，已經犯下五次殺人罪，現在出現在你家裡，拿槍指著你，你的感覺會是怎樣？

*

「你的腳會很冷，」他說，「把帽子戴上。這是規矩。你的腦袋就像一台冰箱，所以你得把它關了，好讓你的手指和腳趾暖和起來。所以你得把帽子戴上……」

他站起來，走進門廳，他那頂檸檬黃的毛線帽塞在羊皮外套的口袋裡，他把帽子罩著他濕答答的頭髮往下拽。「這下，」他說，「我一點都不會覺得痛了，因為腦袋遮住了。」

「很多事都得這麼做才行，」他說，「把腦袋關掉。」

以下是書中出現的一些地點：瓦卡維爾、奈爾、阿靈頓、角溪、黑色濕地、法蘭齊格倫、美麗河、科瓦利斯、普琳維爾、曼提卡、達凡尼洛、貝克斯菲、夏夫特、薩林亞奇馬、派尤特溪、克拉馬司瀑布、崔西、瓦拉瓦拉、都南、雷德布拉夫、麥克得密特、迪奈歐、沃克湖、馬齒莧山、寇蒂、麋鹿河、克拉克福克、隆波克、克羅拉多泉市。

還有這些人名：克萊曼．提爾、勞勃．昂特、朱爾．羅素、安布魯斯．維加、大衛．馬（叫這個名字是因為「一個星期天的下午，他帶著醉意向幾個女人炫耀他的騎術，跳上一匹受驚亂竄的小馬，結果右腿被結實的松木門柱撞碎了」）、班．阿頓、柯瑞．阿頓、史黛芬妮．路得、傑若米．貝德利、歐瑞里．約克、雷德．楊特、隆尼、克里夫、大吉米和「他的同夥，克拉倫斯．杜恩」、佛吉爾和麥克．班塔、警長薛利．賀蘭、他的妻子桃樂絲、「比石頭更啞」的比利・古瑪、瑪莉・普瑞斯特、「包養了孤山來的一名妓女，名叫安妮」的阿莫・法蘭茲、竇拉和史利波伯爵。

這些地名人名都取得很有詩意，但是出現在基特里奇這些故事中的眾生，他們的生活卻了無詩意。也許在剛開始的時候曾經有過那麼一點，但後來出事了——留不住了，也或許是因為你酒喝得太多，喝得太久，詩意離你而去；現在，你比之前更慘，因為該做的你還是得做，就算你明知毫無意義，只是讓你更加想起那些好日子而已。現在，不管怎樣，就算你兄弟在酒吧鬧事被人打死了，這天要下葬，你還是得先去餵飽那些牲口。你要是不餵，牠們就沒人餵。你非做不可。這是義務，是責任。而且更說不定的是，這個兄弟很可能是你老婆肚子裡孩子的父親。這就更需要做一些盤算，做一些必要的調整。這是摘自〈冬天的三十四個季節〉，也是這本書裡寫得最出色的作品之一。

這些故事裡的角色就算要聽音樂，也要聽維隆・姜寧斯、羅傑・米勒、洛利泰・林恩、唱「斯波肯汽車旅館藍調」的湯姆・T・霍爾、梅爾・海格、琳達・榮斯塔和搖滾曲風的「派對娃娃」，也有像「搖滾時代」和「與主更親」之類的教堂音樂。如果閱讀，他們讀的是《體育新聞》。此外，因為他們住的地方偏遠，那些大城市的報紙，像是從西雅圖、斯波肯、波特蘭或舊金山來的報紙，都要晚一天才會送到，所以消極陰鬱的占星術就成了一種堅定的信仰，而不只是預言。

〈喜愛紅頭鷺的男人〉裡有一個角色，這人夜夜作同樣的夢。她抱著一個信念，只要籌足了錢，她就能買一間好房子，離開這裡，那些夢也就會終止。結果她沒有籌到錢，那些夢，當然也不會終止。

這些故事裡有太多的「不——舒坦」，這是卡繆在形容一種很糟糕的家庭生活時常用的一個詞。且聽這位沒有孩子、婚姻邁入第二十年的中年男人怎麼說：

這屋子從裡面開始壞了，看起來不再像是你原來住的地方，你成年以後的生活泰半是在這裡過的，卻幾乎完全記不得曾經在這裡住過，這教你怎麼走得進這個屬於你的家？用力想想，看能不能想起住在這兒的兩三件事。看還能不能想起煮過的一頓飯……有時候沒得選擇，只能就這麼走進自己的屋子裡……然後有天早上你走進去了，看著自己的屋子，就像一般的旅人那樣。

「那時候我還小，」孩子說，「你認識我父親。他住在馬齒莧山下，名叫麥克·班塔。」

「我從來不認識什麼姓班塔的人。」賀蘭說。

「好吧，反正他就住在那兒，」孩子說，「春天的早晨雁群往北邊飛，我就站在草坪上，太陽剛剛升起，漆著白色的牆籬圍著母親的玫瑰花叢，我父親把這種時候叫做藍鳥的早晨……姊姊也在，還有母親和父親，小鳥在紫丁香花下玩耍。來到了一個會傷人的世界啊，我父親總會這麼說，說完他又會哈哈大笑，因為，在藍鳥的早晨什麼都不會傷到你。」

每一位偉大的作家，或者，甚至所有真正好的作家都是照著自己的看法在看世界。蓋普[53]是對的；約翰・厄文也是對的。人世間的這個區塊，我們國土的這個部分，這一個小心翼翼觀察出來的景象，這都是基特里奇眼中的世界。他描寫這塊土地和住在這塊土地上的人，懷著憐憫和驚懼，當然還有——愛。這些強有力的故事令人不安又令人難忘。我極力推薦。

26 一位風華正勝的天才小說家⑭

無疑地，這本書的出版是在提醒我們：旺斯・波伽利是美國的重要作家之一。我認為這個說法不可輕忽。證據就在這本引人注目、冷酷真實的藝術作品——《男人玩的遊戲》當中。

這是自《暴行》（他寫得最好、最出名的作品）之後，表現最優秀的一部長篇。《男人玩的遊戲》是本大書，裡面充滿了暴力和頹喪的情節：謀殺和「變動」多到無從計算，處處都在玩兩面，甚至八面的手法。但令人意外的是——這也更符合我們的目的——它也為人類的處境做了一次很長、很深刻，有時又帶有田園般寧靜的冥想。

---

⑬出自《蓋普眼中的世界》，*The World According to Garp*，約翰・厄文一九七八年的作品。

⑭評《男人玩的遊戲》（*A Game Men Play*），旺斯・波伽利（Vance Bourjaily）著。一九八〇年，紐約戴爾出版社（Dial Press）出版。

小說的背景五花八門，什麼都有：一艘挪威貨輪從舊金山出發以後，在甲板上和客艙裡的生活百態；這艘船到過紐西蘭的威靈頓、委內瑞拉的卡拉卡斯、維京群島中的聖托瑪斯島、阿根廷的養馬場、希臘群島中的克里特和科孚（希臘語稱克基拉島）、開羅和亞歷山大港、俄羅斯西伯利亞大草原和海參崴、冷戰時期的柏林、泰國、智利的首都聖地牙哥、檀香山、烏拉圭的蒙特維多、德國占領時期的南斯拉夫、紐奧良、七〇年代後期紐約的上流和下流社會。在這些地方，我們目睹了許多描寫得十分用心的暴力行為——而暴力，就是有些男人愛玩的惡質遊戲中的一部分。

在糾葛的動機和錯綜複雜的情節方面，這本長篇小說很有康拉德的風格。小說中充滿各類學問：譬如賽馬的飼養和訓練、軍隊生活（大多是在火線後方的游擊戰，中央情報局的祕密活動之類），凡是你想知道的有關恐怖主義的內幕，這裡應有盡有。因為我只能就這個故事的主線點到為止，沒辦法詳盡的告訴你其中「究竟發生什麼」；我要說的是，這本小說裡講的絕對是一些至關緊要的事物：勇氣、忠誠、愛、友誼、危險、自信，和一個男人終其一生尋找真我的旅程。

這本傑作的主角——他確實是個英雄，感謝主——他是個正直，又不簡單的人；用最老式最真實的說法就是，很有個性。他的名字叫C．K．「老中」彼得斯（這個綽號緣於他有一雙丹鳳眼，遺傳自他的母親，她是蒙古人），這個角色絕對是波伽利迄今塑造得最好的一個。

二次大戰期間，年輕的彼得斯是一名相當傑出的美國戰略情報局特務，代號「Der Fleischwolf」（絞肉機），戰後加入剛成立的美國中情局——就是所謂的情報局。彼得斯曾寫過一本關於游擊戰的小書，這本書和他的名字在地下圈子裡頗有名氣，書裡談的主要是一個激進的愛爾蘭共和軍組織，組織的成員都是狂熱老練的恐怖分子，與歐洲和中東方面時有聯繫。故事開始的時候，四十九歲的彼得斯已經跟國內的情報單位脫離了關係，住在舊金山一棟公寓裡。就在他準備上船，將一群馬匹運到紐西蘭威靈頓市，交給當地一個飼養員的時候，看到電視新聞報導：瑪莉和溫蒂．狄芬巴哈在紐約的寓所遇害的消息。這兩個女孩小的時候他見過，自從她們的父親瓦登．狄芬巴哈，這個既是朋友也是鄰居的二戰指揮官奪走了彼得斯的妻子之後，他再沒見過她們。狄芬巴哈是現任的聯合國特使，更有望成為未來的國務卿。彼得斯發了一封電報致意，看是否有任何需要他效勞的地方，他等了一陣子之後便出海了。

航向紐西蘭的旅途中，彼得斯大部分時間都在跟他的馬群說話，這是好事；因為有了這一長段的倒敘，我們才弄清楚他的人生。從過去到現在，從這裡到那裡，這艘貨輪兼具了旅途的隱喻和航行的工具，我們跟著他上大學預科學校，他在學校裡拿的是角力格鬥獎學金，讀的卻是外國語文，之後徵召入伍，並且加入了情報局。服完兵役他去念耶魯大學，取得了德國古代中世紀史學學位。幸福快樂的結完婚，在東海岸定居下來，他開始跟鄰居——大地主狄芬巴哈一起養馬、賽馬。狄芬巴哈是一個唯利是圖、不擇手段的馬基維利主義者，有魅力有頭腦，他跟愛爾蘭共和軍起了衝突，對方的特務計畫要做掉他。混戰當中，他的兩個女兒成了犧牲者。

彼得斯在紐西蘭收到一封電報，狄芬巴哈問他是否能到紐約幫忙處理一下這件棘手的事。彼得斯到紐約住進了遇害的兩名女孩的公寓，這本書的第二部分於是展開。

很難得有一本長篇小說能給我這麼強烈又持久的愉悅。書裡存在的那些人打動你，因為他們不只是故事中的角色，而是一些平常或不太平常的世間男女，他們為生活奔忙，做出一些也許會教人遺憾終身的事——也或許因此而讓他們提升到另一個境界；然而在這個不完美的世上，或者說，在一個差勁的小說家手裡，根本達不到的那個境界。

當然我不會把故事的結局告訴你。我可以告訴你的是，故事的情節翻轉變化，柳暗花明。直到最後幾頁，就像他們常說的，它仍舊讓你繃緊神經。對我來說，探討這本書讓我想起費茲傑羅[55]的祝念：「把椅子拉到懸崖邊上來吧，我來跟你講一個故事。」

旺斯·波伽利是一位既有才華又有創意的作家，勤於寫作，風華正盛。

⑮ Francis Scott Key Fitzgerald，1896-1940，二十世紀美國最偉大的作家之一，作品有《大亨小傳》，《最後的影壇大亨》等。

27 點亮黑暗的小說㊻

在這個小說創作和出版多到不知所云的時期，這一本可以說是立顯真章——它言之有物，關係到大自然、友情、愛、義務，責任和行為舉止。都是一些很大的題目。不過這就是一本大書，它是一盞明燈——我就是要這麼說，一點都不覺得尷尬——它照亮人類所有的處境。它不只是眷顧了梅爾維爾所謂的「暗中之黑」，更出手稍微遏制了這份黑暗。一開始他就極度嚴肅的問，一個人應該怎麼作為？厲害的是，楊特就有這個智慧、洞察力，和非常了不起的文學技巧，一頁接一頁的，讓我們看見「居住」在這本好書裡的人所過的生活，看見他們暴露出來的那些得意和缺憾。

值得一讀的小說都是有人味的。這有必要贅言嗎？也許。不過，小說無論如何都不能像有些作家相信的那樣，技巧超越內容。近來，無論長篇或短篇小說似乎都偏向於把書中的人物簡化到沒名沒姓，要不就是一些過目即忘的「角色」，比如一些倒楣鬼，一生無所作為，或者更惡劣的，甚至還對他們的同類做出一些匪夷所思的事情。有意義的小說應該是，故事裡的各種作為可以轉化成故事以外的人生。我們是不是也有必要提醒自己？最好的長篇和短篇小說裡面，善是一種信仰。忠誠、愛、堅毅、勇氣、正直，這些東西不見得都能得到回報，但它們就是公認的美好，高貴的情操。而邪惡、卑劣，或者單純一個愚蠢的行為，給人的感受就是：邪惡、卑劣、愚蠢。生活中必然有一些絕對，一些真理，只要有心，我們就一定不會忘記它們。

這本書除了開始和結尾的幾頁——一九七九年夏天，老人帶著他的幾個孫子在肯塔基州艾爾金出現的那幾頁——其餘的情節都發生在一九三一年的夏秋，地點仍舊是肯塔基的那個小山城。故事主角是十九歲的比爾·穆席克，他離開了維吉尼亞州舒斯密爾斯他父母的破農場，前往芝加哥的科因電機，進修為期九十天的電機課程。他希望改一改運氣，吃電工這行飯。可是他發現最後只能在垃圾桶裡找食物，根本找不到工作時，他決心放棄夢想回去家鄉。然而飢餓逼得他就在快到艾爾金鎮的時候提前下了車。一名礦坑保全，雷格斯·朋恩，誤以為他是「共產黨」勞工組織的一分子，拿槍指著他的臉，

⑯評《哈德堡》（*Hardcastle*），約翰·楊特（John Yount）著。一九八〇年，紐約理查·馬瑞克出版社（Richard Marek）出版。

要逮捕他。不過穆席克又累又餓，基於同情，朋恩就讓他在母親愛拉朋的屋裡休養幾天。穆席克和朋恩變成了朋友，穆席克決定受雇於朋恩，當一名每天可以海賺三塊美金的礦坑保全。

煤礦保全是很危險的工作。煤礦保全都帶槍，有些礦工也會帶。穆席克和朋恩把值班表排在一起，互相照應。休假的時候兩個人一起蓋豬舍、獵浣熊、設陷阱抓野兔、砍有蜂蜜和蜜蜂的大樹。漸漸的，兩個人建立了深厚的友誼。在這同時，穆席克愛上了一個名叫莫莉的年輕母親，是個寡婦。幾個月後，穆席克對於礦坑保全的工作開始感到厭倦和臉上無光。朋恩也開始心灰意冷。兩人交出了他們的名牌。不料——其實我們都可以料到——他們就在這時候與哈德堡煤礦公司雇用的打手起了致命的衝突。朋恩遭到伏擊，死了。穆席克活了下來。「雖然當時他親眼目睹事件發生，但即使幾個月甚至幾年過後，他仍舊不太能接受雷格斯．朋恩的死訊，因此他的悲傷也久久不能平復。」

穆席克要和莫莉結婚了，並且在艾爾金生活下去。他不再回家鄉。再說，「他懷疑家根本就不是一個地方，而是一段時間，它要走了，就永遠的走了。」

萊昂內爾．特里林說過，一本偉大的書是它在讀我們。我在二十幾歲的時候讀到這句話，就一直在思考它的意思。這人說的話究竟什麼意思？聽起來很有智慧，很有學問，很有見地，這些東西都是我想要的。等到我讀完《哈德堡》，這本寬容卻又絕情的小說之後，我又想起特里林說的話，我想，原來這就是他的意思。是的，太對了。這就是他的意思，沒錯。

28 布勞第根端出了狼人覆盆子和貓香瓜㊼

組成這本參差不齊的散文集裡的散文——不是「小說」，它不符合「小說」這兩個字的任何定義——長度從幾行到幾頁都有。它們的背景設定在蒙大拿州的里文斯登、東京和舊金山。整本書毫無排列順序規則；任何一篇隨便調動順序，都不會有任何差別。我覺得第一篇，也是最長的一篇，最好。篇名叫做〈約瑟夫・佛蘭寇的陸路旅程，和他長眠在內布拉斯加州克里特市的妻子〉。其他類似這樣的篇名有〈在亞伯特和卡斯提洛墓地的太空實驗室〉、〈五支甜筒冰淇淋在東京奔跑〉、〈蒙大拿持續塞車〉、〈一個舊金山蛇的故事〉、〈狼人覆盆子〉、〈百里香和殯儀館的一項研究〉、〈兩台蒙大拿加濕器〉、〈你要怎麼處理這三百九十張聖誕樹的照片？〉、〈貓香瓜〉、〈小雞的寓言〉、〈好味道冰品店的燈亮了〉。你現在有概念了吧。

這類的散文一共有一百三十一篇，其中一些真的很好，就像你手裡突然蹦出來的一些小驚奇。有些只是平平，可有可無。其餘的——好像太多了點——純粹填空罷了。

最後這部分，填空的這部分，會令你十分納悶。我的意思是你會想要問，「屋裡有『編輯』在嗎？」難道說就沒有一個特別愛護這個作者，也是這個作者特別信賴的人，願意好好坐下來告訴他，在這本雜七雜八的集子裡，哪些是好的，甚至絕色的，而哪些是不夠水準，平淡又差勁，根本就不該端出來，或者乾脆就留在自己的筆記本裡的？

不過我仍然給予祝福：但願能有更多的選擇。但願有兩百四十篇這樣的小品——或者三百九十篇，就跟聖誕樹的照片數目一樣多；希望（仍然給予祝福）作者能跟這位信得過的好編輯坐下來，把所有的文章審查一遍，就像看待詩篇一般的仔細研究，看看究竟有多少篇值得累積成一本書。但願這位想像中的編輯朋友對作者能夠不假辭色。「仔細看好，理查！這篇只不過是一塊討喜的派。這篇是手指頭練功，隨手記下來的備忘明細而已。你想要一本好書是嗎？把這篇去掉。這篇，哪，這篇留著。」從這兩百四十篇，或者三百九十篇，再或者就原來的一百三十一篇裡面，能夠收進這本集子裡的也許只有九十到一百篇左右。那就是一本真正像樣的書，充滿驚奇和精采的一本書。但是，

---

57 評《東京—蒙大拿快車》（*The Tokyo-Montana Express*），理查．布勞第根（Richard Brautigan）著。一九八〇年，紐約德拉寇特出版社／西莫．勞倫斯（Delacorte Press/Seymour Lawrence）出版。

我們現在看到的是許多空想，是作者領略到並且樂於跟大家分享的那些懶散、溫和、甜蜜的異想。然而，這些東西不必拿出來分享，統統不必。

這對作者來說也許無關緊要。也許只是我們跟他合不合的問題。如果不合，那是運氣不好，就容忍一下吧。如果我們的想法剛好跟布勞第根的想法一致，那就萬事如意。有什麼關係呢？可是我非要相信——其實我不必「非要」相信什麼；那只是我的一種感覺——我相信布勞第根一定希望竭盡所能，不只為了取悅年輕人，同樣也希望為成年男女寫出最好的作品。

所以這本書你可以接受也可以放棄。讀了它，對你的人生不會有什麼幫助，也不會有什麼傷害。它不會改變你對人對事的看法，也不會加持你的感情生活。它不慍不火。整整兩百五十八頁的空想和印象，其中也有些許的亮點，兩百五十八頁的過去和現在，這些事物都跟作者在「地球這顆星球」上的生活有關。

這是理查．布勞第根寫的一本叫做《東京—蒙大拿快車》的書，但這絕對不是他寫得最好的一本書。他必須知道這一點。

29 麥克安追求的大賽事[58]

這些文章大部分都很棒，有幾篇簡直絕妙。每一篇都跟某些戶外活動沾上一點邊，特別是釣魚。對於特定風景強烈的、個人化的描寫，這本《機會難再》足以跟威廉．韓福瑞的《產卵季》、《我的莫比．狄克》，旺斯．波伽利的《不自然的敵人》，諾曼．麥克林的《大河戀》，甚至海明威《非洲的青山》並列。為慎重起見，我們應該稱它為文學作品。

文選一共有十八篇文章。這些作品從一九六九年開始發表，之後，七〇年代斷斷續續在一些雜誌上刊載。這些文章，如果各位有興趣，就是麥克安過去十年來一段趣味人生的紀錄，這段時間裡的寫作，奠定了他小說行家的重要地位。早期有一篇〈我和我

---

[58] 評《機會難再：戶外運動隨筆》（*An Outside Chance: Essays on Sport*），湯瑪斯．麥克安（Thomas McGuane）著。一九八〇年，紐約法拉，史特勞斯與傑若（Farrar, Straus & Giroux）出版。

的摩托車和為什麼〉，住在加州的麥克安寫他如何愛上摩托車，到最後買下摩托車的始末。其中有著他跟太太互相遷就體諒的深情。

〈我的草原雲雀〉，是幾年後，作者在基韋斯特⑲得了一種「思船病」，莫名其妙的渴求一艘手工打造的船叫做「草原雲雀」。這篇文章裡，他太太仍舊上場，仍舊很恩愛，只是這次多了一個年輕的小湯姆。再之後，在那篇出色的〈套繩速成〉裡，我們看到作者在蒙大拿州的嘉丁納參加一場押注的套繩比賽。小湯姆在觀眾席上看他父親表演。小湯姆的母親也在，只是這次她換了新的丈夫。觀眾席上也有老湯姆的一個朋友，一個「從阿拉巴馬來的」女孩。

「我不知道這類東西除了在當下興起莫名又必然的狂熱之外，還能表示什麼。」麥克安在另一篇裡如此說。

絕大部分的篇幅都在寫釣魚的各種細節，釣大海鰱、北梭魚（又稱多骨魚）、高鰭笛鯛、銀鯧（這是一種很神祕很難捕獲的海魚）。釣虹鱒和山鱒，還有銀花鱸魚。這本書裡有一樣東西我很想把它拿掉，是一張照片，是作者站在面對大西洋的一塊岩石尖上，嘴裡咬著手電筒，打算摸黑把一條銀花鱸魚釣上岸。有一篇是在講一隻名叫毛利的獵狗，另外一篇是獵殺松雞、野雞和水鳥；〈遊戲的核心所在〉，這篇也許就是整本書的核心——講的是獵捕鹿和羚羊，冥想和玄學。其他幾篇包括有一匹馬叫做「老中的班吉寶貝」；摩托車賽；去找丟棄的高爾夫球賣錢的小孩；舊金山的金門拋釣俱樂部，提醒在那裡拋釣的人要小心澤鱷——還有兩三篇只是寫一些在外頭閒蕩瞎混的事。

不過釣魚占絕對優勢，麥克安把釣魚這件事看得非常認真。在失去一條大魚之後，他這麼說：「牠夾在那一大群陰影裡，觸手可及卻看不見，教釣者情何以堪——一條到了手又失去的魚，大魚脫逃對非釣者來說只是個無足輕重的問題，但對一個釣者來說，卻是一個深刻的感情問題。」這段文字是作者在加拿大西部，一個美麗的偏遠地區垂釣時的心聲：「當牠持續在那裡的時候（這魚浮了上來），整個英屬哥倫比亞就只剩下我的魚餌附近那幾平方吋了。」麥克安是一位喜歡「捉了又放」的漁夫，不過不管哪種漁夫都能夠分享這樣的心情。

「無可避免的是，真正發生過的事情總是沒法描述，」作者告訴我們說。很多最深刻的體驗也許確實如此，但麥克安在這方面已經做到了他的堅持，卯足全力的把這些體驗描寫出來。

㊾佛羅里達最南邊的一個小島城市。

在〈一次難得的機會〉裡，麥克安的打擊率是三成七，甚至更好。他不是泰德．威廉斯⑥⓪，也不是泰．柯布⑥①。當然也不是海明威。但是他寫了一本真實的好書，我有種強烈的感覺，「老爹」⑥②一定會贊同的。

30 理查・福特對失落、療傷的體認[63]

這本出色的書就它表面上的情節來看是這樣的：哈利・昆，一名前海軍陸戰隊員，越戰退伍軍人，和他的女友，芮——她跟昆一樣，是個流浪者——兩個人分開了七個月之後，來到墨西哥的瓦哈卡，試圖把芮的哥哥桑尼從牢裡弄出來。桑尼入獄是因為在他身上搜到了兩磅古柯鹼。只要有一個好律師、一萬美金，加上堅強的決心和一點運氣，這張釋放的文件應該可以到手，桑尼就能恢復自由。昆和芮重燃舊情，開始面對未來的

---

⑥⓪ Theodore Samuel Williams，1918-2002，暱稱Ted Williams，美國職棒大聯盟球員，畢生效忠紅襪隊，有打擊王和三冠王的美譽。

⑥① Tyrus Raymond Cobb，1886-1961，小名Ty Cobb，美國職棒選手，入列名人堂。

⑥② Papa是海明威的外號。

⑥③ 評《終極好運》（*The Ultimate Good Luck*），理查・福特（Richard Ford）著。一九八一年，波士頓荷頓・米夫林（Houghton Mifflin）出版。

一切。不料出現了一個大麻煩：大家逐漸開始相信桑尼確實「耍」了他幫忙做事的那批人。就如墨西哥律師伯恩哈特說的：「他們認為他做了買賣，再故意讓自己被捕。」情況複雜了。複雜的內情很嚴重，而且醜陋。每個人都想啃他的肉（他一個牢友果真把他一隻耳朵割了當作警告）。火上加油的是，城裡突然爆發一場看似小規模的暴動；軍隊和警察用近乎冷酷的手段加以鎮壓。時時處在壓力之下的這座城市，似乎已不可能再回歸正常的生活。抱著被釋放的希望，桑尼的人生快速滑入這些失控的漩渦之中，到最後他的死活好像成了無足輕重的事。

《終極好運》絕對是一本令人愛不釋手的好書，巧妙地運用了當代小說裡極少見的散文形式。我在此給各位摘個段落：

昆在越南對光學稍微做了一點研究：你的表現和理解都取決於光線，因為所有的一切就在於看見和看不見。配置對了的松鼠灰與混合綠在一片空蕩的水田和一排椰樹林的表層會形成一道環，在那個特別的瞬間，你的人彷彿不是在那裡，你離開了，你已經置身在密西根湖畔的暮色中，湖面上的水鴨有如灰色空間裡的小小斑點，正隨著候鳥遷徙的路線飛向印第安納，整個白晝便輕巧地沒入了濃重的夜色中。

＊

從更深的層面來看，這本書是一種冥想，是平凡但十分「邊緣」的兩個人——芮和昆之間的愛情和行事作風（伯恩哈特相信「每個人都是邊緣人」，書裡有非常豐富的證據支持這個信仰）。兩人在路易斯安那賽狗場相遇的時候才三十歲出頭，卻都像是已經走到了人生的最末端，借用D・H・勞倫斯的說詞，「在性愛中受創」，無法突破自己給自己設的障礙。兩個人在路易斯安那同居了一段時間，昆在一家管線包商那裡朝七晚七的幹活，芮待在拖車屋裡聽「紓壓的音樂」，照著雜誌臨摹畫畫。之後兩人流浪到加州，昆做了一陣子舊車回收的工作。之後再透過朋友幫忙，在密西根謀得一個狩獵區管理員的位置，他希望這是一個能讓他找到「清楚的指標」的地方。但是芮在密西根一點都不快樂，對什麼都不滿意。她聲嘶力竭的叫嚣：「我簡直不知道你到底在搞些什麼……你對事情的看法我統統不喜歡。你看待每件事情都像丟進了洞裡就什麼也出不來了。」

「你愛我嗎？」她說。她開始哭。「你不願意說，對不對？」她說。「你怕。你根本不想要。」

「我可以照顧自己。」這是昆的回答。

這對芮來說當然不夠，她離開了他，昆非常難過。他終於了解：「當你一心想要完全的保護自己，不讓自己承受任何的失落或威脅，最後只會一無所得。更糟的是，你的一切將化為烏有，甚至陷入你最害怕的厄運之中。」

這本傑作的結尾，昆和芮兜了一大圈，終於走出了這個圓圈，心平氣和的重新振作起來。我認為，整本書從頭到尾，讓我們見證了人類行為上一個重要的、終將凌駕一切的圓弧。

福特是一位大師級的作家。《終極好運》對於徹底的失去，和失去之後療傷救贖的真知灼見，足可以與麥爾坎．勞瑞[64]的《在火山下》，和格雷安．葛林[65]的《權力與榮耀》並列。我對這本長篇小說的評價已經高到頂了。

31 一名退休雜耍演員倒在少女的魔力之下⑥⑥

琳恩・莎朗・史瓦茨是《激鬥》（*Rough Strife*）的作者，這本書於一九八〇年出版，在書中她記錄了兩位聰明、有教養、有才華的人二十多年的一段婚姻。不知道是為了什麼莫名其妙的理由，當時我毫無興趣看這本書。我猜想——這真是難為情的告白！——當時我以為只是寫一個善於扭結理論的大學數學系教授（卡洛琳），和一個基金會的主管（伊凡）之間的婚姻關係，我懷疑作者究竟能說出些什麼名堂，而我唯一的基本

---

⑥④ Malcolm Lowry，1909-1957，英國詩人，小說家，其作品《在火山下》曾入選藍燈書屋「二十世紀百大英文小說」第十一名。

⑥⑤ Graham Greene，1904-1991，英國小說家，曾多次獲諾貝爾獎提名。多部作品躍升大銀幕。著有《愛情的盡頭》、《沉靜的美國人》、《喜劇演員》等。

⑥⑥ 評《平衡動作》（*Balancing Acts*），琳恩・莎朗・史瓦茨（Lynne Sharon Schwartz）著。一九八一年，紐約哈潑與羅（Harper & Row）出版。

興趣就是這個。畢竟——我還是看了一些書評——知道他們結婚好幾年之後才有小孩；卡洛琳和伊凡有的是時間精力財力去追求他們自己的生活和事業。就表面來看，這似乎是一片人們熟悉得不得了的風景——然而其實又完全陌生。

我很高興，我終於讀了這本小說，它令我驚豔。單就這本書，我認為史瓦茨當得起一位水準以上的優秀作家。那接下來呢，在《激鬥》出版一年之後，作者會拿出什麼足以媲美這部快感十足的長篇作為安可曲呢？很可能沒有。

我要說的是《平衡動作》並不令人失望。但無可避免的，若拿它來跟第一本書比較，就顯得相形見絀了。對我來說，它沒有《激鬥》的前衛，角色的刻畫也不算太到位，這些人物經常表現出一種刻意的，甚至任性的態度，經常口是心非——就像真實生活中的人物常有的行為。這本書沒有第一本裡的那種強悍的衝勁，和令人為之屏息的場面。這是一本好書，但不是一本偉大的或是令人特別難忘的書。我並無貶損的意思。很多很好的小說都是這樣——「好」，但不偉大，也不總是令人難忘。

麥斯・佛萊德是一個七十四歲的鰥夫，心臟病發作過後，住進一處就在我家鄉附近，過去叫做「老人院」的地方休養，不過它不是一般的老人院。這裡很時尚，名稱叫做「快活林」，是資深市民的半服務式公寓。它位在紐約州威斯徹斯特郡。麥斯・佛萊德的前半生——在退休和老齡之前過的那一段富裕充實的人生——是一名馬戲班雜耍，是和太太蘇西一起表演走鋼索的藝術家。那一段馬戲團的歲月是很棒的過去；書名一部分在暗喻，麥斯很努力的在無趣又半殘的現實，以及叱吒風雲的年輕過去之間做調適。可想而知，這本小說作者寫得最好的部分就是前半生的際遇。

艾莉森・馬克曼就在這時候出現，一個早熟的十三歲女孩，她的人生就在當地的一所中學裡和麥斯交叉了。麥斯在學校擔任短期的輔導，訓練一些有興趣當雜耍演員的學生。艾莉森對寫作很有抱負，她辦了一些刊物，內容都是青春期冒險之類的無聊文章。她把粗魯的老麥斯看成浪漫又神祕的人物，發展出這段致命的迷戀。

我並非有心要洩漏什麼，我說致命的迷戀卻好像間接帶出了他的死亡。艾莉森因為跟麥斯的關係，加上她一心想要逃出她以為的悶死人的家庭生活，於是決定逃家加入一個馬戲團。於是乎追逐的畫面上場了，先是麥迪遜廣場花園，而後是賓州車站。追逐者包括了麥斯和他在「快活林」的紅粉知己兼鄰居，拉蒂；還有艾莉森的父母，喬許和溫妲（他們的立場完全可以理解，因為他們根本不明白女兒到底是怎麼了）。最後，艾莉森終於和父母團聚。但這個壓力對麥斯實在太大，他崩潰而死。只不過他的死並沒有令我們感到任何情緒上的低落。他的死不意外，也不悲慘，甚至在時間上也沒有什麼不對。他就是這樣倒下去死了。而拉蒂只好重新回去過自己的生活；艾莉森則跟父母回家去了，這是一個十三歲的孩子該回去的地方。在最後一章裡，拉蒂和艾莉森在喝冰淇淋汽水的時候碰面了，兩個人談起麥斯話話家常。

去吧，去看看這本《平衡動作》。在看的同時，你一定要順便看看《激鬥》——如果到現在你還沒看過的話。還有，別放過琳恩·史瓦茨」的下一本小說。

32 「名氣沒什麼好處，相信我」⑰

我很喜愛《小城畸人》⑱裡的故事和寓言——至少絕大部分都愛。舍伍德・安德森其他的一些短篇小說我也很喜愛。我覺得他的作品每一篇都出色。《小城畸人》（這書是安德森在芝加哥一間廉價公寓裡寫的，書中的人物也是根據他在那裡認識的一些人，而不是俄亥俄州）被列為全國各大院校的教材，這是應該的。但凡美國短篇小說選集都會出現他的一兩篇作品。可是，除此之外，現在並沒有其他安德森的作品被人傳誦。他寫的詩也早已成為過去。而他的長篇小說、散文和小品」自傳式的作品、回憶錄、劇本

⑰評《舍伍德・安德森書信精選》（*Selected Letters*），舍伍德・安德森（Sherwood Anderson）著，查爾斯・E・莫德林（Charles E. Modlin）編選。一九八四年，諾克斯維爾田納西大學出版社（University of Tennessee Press）出版。

⑱*Winesburg, Ohio*，直譯為「俄亥俄州的瓦恩斯堡」，作者舍伍德・安德森，1876-1941，美國小說家，海明威、福克納、沙林傑等都深受他的影響。

一切的一切，似乎都進入了一個晦暗的地帶，沒有人會再進去了。

剛剛讀完《書信精選》，我想「S. A.」——有時候他會在信上這樣簽名——大概會是第一個聳著肩膀問說「你還想要怎樣呢？」的人。他知道，至少，他曾寫過一本歷久不衰的作品。大家都說他的《小城畸人》是美國的經典，他自己也同意這個說法。他因為這本在一九一九年出版的作品聲名大噪。但是從那以後到一九四一年他去世之間這一大段時期，他的作品如何呢？其實，這中間發生了一些事情，大家都知道：無論是他作品上的變化，或書評家們對待他態度上的變化（安德森把那些評論家叫做「深海裡的思想家」），這些變化從一九二五年開始，發出信號彈的就是年輕的歐內斯特．海明威，他先是寫了一些傲慢不恭的信件，接著又存心出了一本《春潮》，以批評安德森於一九二五年出版的小說《黯淡的笑》。就在出版的那一年，安德森竟然在雜誌上看到了他的文學訃聞。他說這些攻擊不會令他困擾。但其實會；因為他在寫給一位捐助人，博登．埃密特的信裡提到，這些東西令他「噁心到了靈魂裡」。他還在寫給一位書評家，約翰．皮耶．畢謝普的信上說，「你懷疑我的頭腦就像這兒的那些灰暗小鎮，恐怕，這是真的。」

不過安德森始終把寫作看成一種治療的方式，隨便書評家們愛怎麼說，他還是繼續的寫。一九二〇年他寫信給佛洛德．戴爾⑲：「寫作幫助過我活下來——現在仍然如此。」寫作是治一種叫作「生活病症」的良藥。他曾有過一次嚴重的精神崩潰，當時他投資的一項郵購業務破產倒閉。他確切病倒的日期是一九一二年十一月二十八日。兩個月後，他就復工了。他白天在芝加哥一家廣告公司上班，維持太太和三個孩子的生活，夜晚就寫小說，短篇長篇都寫，有時候倒在廚房餐桌上就睡著了。一九一四年陸續有作品出現在當時的一些小雜誌上；一九一六年出版了他的第一本長篇小說，《溫迪．麥克佛森的兒子》。就在那年，他跟妻子離婚，離開了孩子，再婚，開始他所希望的新人生。他也在這個時候放棄了廣告公司的工作。接下來二十年，他的財務狀況始終沒有起色，他甚至擔心是不是又要回去原來的廣告公司。為了增加收入，他上台演講。有時候還得放下身段向一個富翁拿錢，後來改由富翁的遺孀給他。

在這同時，他繼續出書，也計畫出更多的書。有些書從未真正成形，這也許是好事，其中包括了一本關於密西西比的歷史，還有童書（早在一九一九年，寫「小孩書」的構想就很吸引他，而且一直堅持到他去世）和「現代工業」方面的書。安德森經常在

⑲美國報紙雜誌的編輯。

書信裡提到這些構想，日後這個可以拿來作為「安德森沒有進行這項計畫」的一個註腳。無論如何，打字機上還是不斷的湧出作品。他一口氣就能寫出八千、一萬，甚至一萬兩千個字。接著就倒下來睡得「像個死人」。然後再起來繼續寫。

《小城畸人》之後他出名了，但充其量只是毀譽參半。一九二七年，他寫信給哥哥，畫家卡爾·安德森，他說他認為名氣對藝術家有害。華盛頓特區有位小學老師寄了一張二十五塊美金支票給安德森，請他指正她寫的兩個短篇小說，他在回信裡寫道：「名氣沒什麼好處，親愛的，相信我。」一九三〇年，在寫給博登·埃密特的另外一封信裡，他說：「我不希望注意力都放在我身上。如果餘生能夠沒沒無聞的寫作，不再受現在那些愛指指點點的人關注，我應該會快樂得多。」

然而，不管喜不喜歡，他就是出名了。只是他處在一個標靶鴨子的位置。每個人，從差勁的記者到差勁的編劇，一些雜七雜八刊物上的撰稿人，這些人連當他褲子上的補釘都不配，卻可以隨便開砲轟他。他老是活在別人的陰影之中，這些人與他同個時代，但比他更有魅力、更成功——甚至，更有趣。對於這種情況，他既無法原諒他們，也無法原諒自己。

他曾對匹茲堡大學一位向他求教寫作的英語教授羅傑·賽格爾說：「盡量放鬆。盡量放鬆。」他覺得很多作家失敗大多因為「他們基本上不會說故事。他們有寫作的理論，有風格的概念，往往也具有貨真價實的寫作能力，但不會說故事。對此只有直截了當一句——那就等於完蛋了」。有一次在奧札克斯，他把一本小說從車窗扔出去，另外在芝加哥的那次是從旅館窗口扔出去，因為那作品不是「簡單明瞭的在說故事」。他不信作家的「技巧」和他所謂的「小聰明」這套。老實說，大部分作家他都看不慣，除了湯瑪士．伍爾夫。一九三七年九月，他寫信給伍爾夫，「我欣賞你的膽量，湯瑪士。你真是了不起。」可是對於詹姆斯．喬伊斯，他的看法是：「一個陰沉的愛爾蘭人……讓我骨頭發痛。如果不是他上錯了樹，那就是我笨到極點。」艾茲拉．龐德給安德森的印象是「一個點不著火的空心人」。他對於辛克萊．劉易士得了諾貝爾文學獎感到「非常沮喪」。海明威出版《非洲的青山》之後，他寫信給他的朋友，也是演員兼導演的賈斯．柏迪特，他認為海明威「走進了一種所謂的真浪漫……對什麼都入迷，對大象的大便、殺戮、死亡等等等等。然後他又忽然談到要寫出最完美的句子之類的。這不是無聊嗎？」

安德森在一九三九年十一月認識年輕的約翰．史坦貝克的時候，還沒讀過《憤怒的葡萄》，不過他從加州佛雷斯諾寫信給路易士．格倫提耶，他認為史坦貝克看起來就像

「在公休的卡車司機」。他又批評書中勞動營裡的狀況「跟全國各地方的情況絲毫沒有兩樣」，至於那本作品大受歡迎，他認為應該歸功於「他把一個全球化的況味地方化了」。顯然他並不喜歡當時大家對史坦貝克的熱烈關注。

安德森，一八七六年出生在俄亥俄州的卡姆登，成長期間大部分都住在克萊德，這是克里夫蘭附近的一個小鎮。他父親是一個居無定所的「遊俠」，「只要房租一到期」他就帶著全家搬家。安德森做了很多年的藍領工人，什麼苦活都幹，直到換上不同的衣領[70]，進入廣告界。他說他自己很「鬼靈精」，有辦法控制人，「我要他們做什麼就做什麼，要他們變什麼樣就變什麼樣……坦白說我過去就是一個大滑頭。」但他對於美國中部小城生活上的弱勢非常清楚；他寫這方面的東西，既逼真又具同理心，要比任何一位前輩都寫得好——而這些人大都是與他同時期的。小城和小民的生活是他主要的題材。他愛美國，愛美國的一切，他的赤誠，即使相隔如此遙遠，仍舊令我深深感動。「我愛這個國家，」他常在信上這麼說，「上帝啊，我是多麼的愛這個國家啊。」他的心，和持久不變的興趣——加上他天賦的才華——全部落地生根在這些鄉下、這些鄉下人和他們的生活方式。這是一九一九年他寫給華爾度・法蘭克的一封信，「真開心，休假一天跟農民們一塊兒坐在看台上看馬車賽和賽馬。會場上的馬真漂亮，展示棚裡的牛、豬、羊也是。」在一九二七年寫給喬治．邱區的信中，他說：「我真正想做的——我寫作的目的，就是要再次傳神的把這個國家呈現出來。我要告訴你夜晚的溪流聲多麼的寧靜啊，風就在松林間流動。」

他認為自己寫得最好的一個短篇是〈蛋〉。另外，他最愛的還有〈沒有說出口的謊言〉、〈手〉、〈來去一場空〉、〈我想知道為什麼〉和〈我是傻瓜〉。在這份名單裡我想再加上兩個，〈樹林中的死亡〉和〈變成了女人的男人〉。

《黯淡的笑》這本小說讓他賺了一筆，他拿這筆錢在維吉尼亞州特勞代爾買下一個農場。可惜他是一個定不下來的人，一個標準的美國流浪客，沒辦法在一個地方久待。從一九一九年一直到一九四一年二月得腹膜炎死亡為止，他在一艘前往南美洲的船上（他打算「遠離大城市，住到一個只有五千到一萬人口的小城，或許會在這種小城裡住上幾個月」），當時他已經遊遍全國。他住過和工作過的地方有紐約州、加州、維吉尼亞州、德州、阿拉巴馬州、威斯康辛州、堪薩斯州、亞利桑那州、密西根州、科羅拉多

⑩西方社會稱從事勞力工作的人為藍領族，公司上班的人為白領族。

州、佛羅里達州……總共有四、五十個不同的住所——這中間還去過歐洲和墨西哥。這跟他對旅館的熱愛也有關係。「即使是最差的旅館生活也好過家庭生活。」他在堪薩斯市發現了一家非常合意的旅館：「裡面全是小咖的演員、職業拳擊手、棒球手、妓女、苦哈哈的汽車業務員。天哪，多麼俗麗的一票人，我愛他們。」

他是個多產的書信作家。合成這本選集的兩百零一封信中，大多是第一次出版。更早由霍華・蒙佛・瓊斯主編，一九五三年出版的《舍伍德・安德森書信集》，一共有四百零一封。一九四九年還出了一本由赫瑞斯・葛雷格里編的淺易型的《舍伍德・安德森書簡》。

芝加哥的紐貝里圖書館收藏了五千多封安德森的書信，這些收藏就是這本選集的核心。不過編輯查爾斯・E・莫德林還在另外二十三個機構和一些最近才對外公開的私人「保留」信件中摘選。他選得好，所有的信件關係到個人和專業方面的比例很平均。安德森的生活裡這兩方面都很精采。單這一本就詳盡的描繪出了這位獨特的美國作家生活，即使現在，很多文字簡潔的作家所寫的小說裡仍能感受到他的存在。

這些信件讓舍伍德・安德森發光發亮，站上了他的位置。誠然，這些信件並不是一般傳統的書信，它們就是這隻眼睛對準收信人，另隻眼睛對準後代子孫的那種；也不是為了配合收信人的個性特別「剪裁」過。其中有一些是手寫的，安德森還為此道過歉。我如果要有但書，那就是這些信的語氣太相同了。我覺得這些信件之所以顯得冗長、正式，甚至像哀歌，就在於他的文字不喜歡用縮減的方式。讀了這些信件，對安德森和他的作品可以有所了解。然而，最終我們的感受是，這個不常表露情感的人其實跟他書中那些禁欲派的角色非常像——壓抑，說不出自己的心思，不能坦誠以對。

一九三九年，就在他過世前的一年半，他寫信告訴羅傑．賽格爾，他正要開始一本新書：「我又重新動筆了。一個人總是得一次又一次的……在極其有限的空間裡重新去想，去感覺——街上的那棟房子，轉角藥妝店裡的那個人。」

他是一位勇者，一位很棒的作家——不管現在或任何時候，這都是非常可貴的特質。

法國出版商加斯東．伽利瑪買下《小城畸人》的版權，卻遲遲不出。幾年後，安德森到了巴黎，親自去見這家出版公司的大總裁。

「這是不是一本好書？」伽利瑪問安德森。

「那還用說。」安德森回答。

「好，只要是好書，不管我們什麼時候出，它還是好書。」

安德森最好的作品至今還是最好的。他在寫下面這句話的時候應該就等於在寫自己的墓誌銘：「我寫過幾個故事，它們就像鋪設公路的石子。扎扎實實，一直待在那兒。」

33 成年，崩潰⑪

一九五四年，在非洲經歷兩次飛機失事、被誤傳死訊的歐內斯特．海明威有了一次獨特的經驗：他在報紙上讀到自己的訃聞。當時我才十幾歲，剛到考駕照的年紀，但是我一直還記得他那張登在我們晚報頭版的照片，他咧著嘴，手裡拿著一份報紙，報上有他的照片和一條宣布他死亡的大標題。我在高中的英語課堂上聽過他的名字，我有個跟我一樣愛寫作的朋友，他在談話中總是三句不離海明威。那時候我並沒讀過這人寫的任何一本小說（當時我忙著讀湯瑪斯．B．考斯坦那些人的作品）。看著上了頭版的海明威，讀著他的豐功偉業，和他最近與死亡錯身而過的遭遇，令我衝動又著迷。不過就算

⑪ 評《回不去的青春：海明威，年輕歲月》（*Along with Youth: Hemingway, the Early Years*），彼得．葛里芬（Peter Griffin）著，一九八五年紐約牛津大學出版社（Oxford University Press）出版；《海明威傳》（*Hemingway: A Biography*），傑佛瑞．梅耶爾（Jeffrey Meyers）著，一九八五年，紐約哈潑與羅出版社（Haper&Row）出版。

我願意，也已經沒有戰爭可打，再說非洲對我而言，遠得像上月球，更別提什麼巴黎、潘普洛納[72]、基韋斯特、古巴，甚至於紐約市。不過我認為，我是因為看到頭版上的海明威之後，才更堅定了當作家的決心。所以在那時候我對他就心存感激，即使原因錯誤。

非洲意外事故後不久，在沉澱中的海明威這樣寫著：「我所知道的最複雜的題目，既然我生而為人，那就是一個人的人生。」我持續不停地探索歐內斯特．海明威。從他重病、偏執、憂鬱症，接連兩次禁閉在梅約診所接受電擊治療後喪失記憶，到拿獵槍轟腦袋身亡至今，已經過了大約二十五年。一九六一年七月二日的早上，海明威的第四任妻子瑪莉．威爾斯．海明威，在愛達荷州凱川市他們家樓上的主臥室睡覺，忽然被幾聲她以為是「乒乒乓乓關抽屜」的聲音吵醒。在海明威死後，艾德蒙．威爾森把震驚和失落的感受表達得非常貼切：「就彷彿我這一代的某個角落，突然間可怕的整個崩塌了。」

海明威一度被譽為「自莎士比亞以後最傑出的作家」（這是約翰．奧哈拉[73]對於《渡河入林》的溢美之辭），但是從一九六一年之後，海明威聲勢漸漸低落，許多書評人、同儕作家都覺得有必要公開澄清，他們，甚至整個文壇，在某種程度上都被矇騙了：海明威並不如既有印象中的好。不過他們也認同至少有一、兩本小說像《太陽照常升起》

（改拍過電影《妾似朝陽又照君》）和《戰地春夢》，以及五、六個短篇小說，或許都能挺進二十一世紀。死亡最終讓這位作者退出了舞台聚焦的中心，取而代之的是要命的「重新評價」。

倒也不能說完全巧合，他去世後不久，一種特別的寫作形式在全美國出現了，這種寫作強調的是無理和無稽，是反現實主義對抗傳統的現實主義。就這一點而論，或許值得我們回顧一下海明威相信的好寫作究竟是什麼。他認為小說必須有憑有據，要以真實的經驗為基礎。「一個作家的職責就是說出事實。」他在《處於戰爭中的人》的序裡寫著，「對於真實的標準，應該就這個作家本身的經驗，高過於他的創意；應該比實際更真實。」他又寫道：「找出令你感動的點。什麼樣的情節能夠令你激動興奮，把它寫出來，寫得清清楚楚……讓讀的人感覺就好像是自己的親身經歷一般。」

有鑑於他的地位和影響力，在他去世後出現的激烈反應自是在所難免。但漸漸的，尤其最近十年，書評家們已經能夠把那個喜歡打獵、去深海捕魚、愛酗酒鬧事的傢伙，

---

[72] 西班牙北部納瓦拉自治區的首府。

[73] John O' Hara，1905-1970，美國作家，名著《相約薩瑪拉》入選二十世紀百大英文小說。

跟那個一絲不苟的工匠兼藝術家的人區分開來，但這個人的作品對我來說，隨著歲月荏苒，愈發好看。

「最了不得的事就是活著把你的工作做完。」海明威在他寫的《死在午後》中這麼說。而這個，基本上正是他所做的。海明威到底是個怎樣的人？照他的自白：「一個標準的渾蛋。」而他寫的那些長篇小說和短篇小說，徹底永遠地改變了小說寫作的方式，某段時間，甚至改變了人對自我的認知。他到底是個怎樣的人？

彼得・葛里芬這本精采私密的書，《回不去的青春：海明威，年輕歲月》（書名取自海明威早期的一首詩），給了一些答案。葛里芬先生寫信給瑪莉・海明威，告訴她，海明威的作品在他人生最艱困的時候對他何其重要，而當時他只是布朗大學一名年輕的博士生。她邀請他到家中作客，並且答應全力配合這本書，這是三部傳記中的第一部。投入這樣一個太多文壇學者專家早已走過的領地，葛里芬先生居然還是揭露了那麼多具有啟發性的、不為人知的新資料（並於其中納入了五個未曾出版過的短篇小說）。書裡有幾章談到海明威早年的家庭生活和親子關係。他母親是個跋扈的女人，自詡要做歌唱家；他父親是位名醫，他教海明威打獵釣魚，海明威的第一雙拳擊手套是他給的。

*

但這本書談得最多也最重要的一個部分，是關於海明威成年後的一段，他在《堪城星報》當過記者，之後到義大利紅十字會當救護車司機，就在那裡他被奧地利的迫擊砲彈和機槍子彈打成重傷。其中很長的篇幅都在敘述他在米蘭軍醫院住院休養的事。住院期間他愛上了一位來自賓州的護士，名叫艾妮絲·庫洛斯基，《戰地春夢》中的凱瑟琳·巴克利，就是以她為藍本。後來她為了一個義大利伯爵拋棄了他。

一九一九年，海明威回到家鄉，伊利諾州奧克帕克小鎮，身上穿戴著「特種步兵的雞毛帽，長到膝蓋的紅緞軍官斗篷，佩戴了英勇勳章和勝戰十字勳章的緊身英式制服」，他必須拄著拐杖走路。他是英雄，他跟一家安排演講的經紀公司簽約，向老百姓講述他的戰地經歷。到最後，他被氣憤到不知該拿他怎麼辦的父母趕出了家門（因為海明威不肯好好工作，喜歡賴床，每天下午打撞球），他先去了上密西根，再到多倫多，當地一戶有錢人家供他食宿，外加每個月八十塊錢的家教費，負責把這家的弱智兒子「教成一個男子漢」。

之後，他再從多倫多轉到芝加哥，在芝加哥跟一個叫做比爾·霍恩的朋友合住，過起了波西米亞式的生活。他在一本叫做《天下合作》的雜誌工作，照他的說法，他替這本雜誌寫一些「男性徵婚友，地方分類研究，社交名媛小說，銀行社論，兒童故事之類的東西」。就在這段時間，海明威開始認識一些文人，譬如舍伍德・安德森、卡爾・桑德堡⑭。他喜歡大聲朗讀、闡釋濟慈和雪萊的詩篇，有次跟桑德堡在一起，他朗讀了奧瑪・珈音的《魯拜集》，桑德堡誇獎他的詮釋「敏銳而感性」。他熱愛跳舞，曾和一個名叫凱蒂・史密斯的女性友人贏過一場舞蹈比賽（凱蒂後來嫁給約翰・多斯・帕索斯⑮）。一九二〇年十月，他遇到了另一個女人，這個比他大八歲的女人變成了他的第一任妻子——就是最了不起的伊莉莎白・哈德利・理查森。

在他們九個月的戀愛期間（她住密蘇里的聖路易，海明威住芝加哥並在那兒工作），兩人信件往來，各自都寫了累積逾一千頁的信紙（伊莉莎白・哈德利的信件由她和海明威之子——傑克・海明威，提供給葛里芬先生，他還為這本書寫了一篇序）。葛里芬先生引用的幾段，是她寫給海明威的回信，當時二十一歲的海明威每週寄給她一些短篇小說、草稿和詩篇，她的回覆聰明、機智、感人，充分顯示她敏銳透徹的觀察力。

其中一封信，她拿自己的寫作跟他的來對照。她說，她知道她寫的東西很不切實際，而他不是。甚至還不僅於此。「歐內斯特（海明威）的句子，所有的重音都很自然的落在正確的定量位置上……我呢，就必須在重要的字底下畫線才行。」她還誇讚他的直覺思維：「這真是最可愛的東西——直覺——一種發乎內在的肯定。很明顯的一個例子是……你心裡出現的一些想法，可以讓你了解整個情況。」而這一點，她認為，就是他所有作品的根本。她也極力支持他們去歐洲的計畫，她認為有助於他的寫作：「啊，你寫出來的東西將會像一陣發自心底、帶來無比馨香的清風。你將在我之前獲得新生，而巴黎正是你圓夢的地方。」

一九二一年四月底，海明威告訴她，他在著手寫第一本長篇小說，一本「有真實的人物，可以高談闊論自己想法的小說」。這本小說裡的主角是個取名為尼克·亞當斯的年輕人。伊莉莎白·哈德利回信說：「感謝主，有一位年輕人就要寫出一些年輕又美麗的東西了；在下筆的此刻，他心中滿懷著的是無比的純淨和蓬勃的朝氣。勇往直前的寫吧。我太愛這個想法了。」據她的觀察，他的風格是：「剔除所有的蕪，只保留必須保留的菁。『它』是出自最深的感受，而不只是縝密的思維……」「你對節奏、聲調和線條有極靈敏的感覺。你知不知道這些日子以來，你動用了多少根重要的線頭在編織你的

⑭ Carl Sandburg，美國詩人、小說家、民謠歌手。

⑮ John Dos Passos，1896-1970，美國小說家、藝術家，主要作品有《三個士兵》、《美國三部曲》等。

人生？親愛的，你現在做的是你此生最美好的事……我徹底的折服……簡單——但精細有如最緻密的鎖子甲。」她也提醒他說：「想要在一門藝術之中保持真誠，你的付出將會很大……但若為此而遠離真誠，到了死去的那一天，你可能會發現自己終究只是個技巧圓熟、內在貧乏的創作者。不過，這種表現誠實的展現沒有人比得過你，因為你願意……說真的，」她繼續寫道，「你正在做激勵又具影響力的大事……我們千萬別放棄……一起努力做下去。」

葛里芬先生的這本傳記，結束在這對新婚夫婦準備上船前往法國的時候，這對新人懷抱著幾封寫給葛楚·史坦因和艾茲拉·龐德的介紹信啟程。這本書讓年輕的海明威重獲新生，他的魅力、活力、俊秀的長相、對寫作的赤誠，在在都讓我對這個人有一種初相識的感覺。

傑佛瑞·梅耶爾的《海明威傳》，則呈現了一個截然不同的歐內斯特·海明威。傑佛瑞先生是一名學者，也是專業的傳記作家，他寫過的名人為數眾多，隨便舉幾個，就包括了：T·E·勞倫斯[76]、喬治·歐威爾[77]、凱瑟琳·曼斯菲爾德[78]，齊格菲·沙遜[79]，溫德姆·劉易士[80]，還有D·H·勞倫斯。關於海明威的書他似乎全都讀過，他也採訪過海明威的家人（其中獨缺孫女瑪莉．海明威。最明顯的一個理由，我想，就是她拒絕配合），還有朋友、密友，和一些逢迎的人。

奉承並非傳記作家的必要條件，但梅耶爾先生的書裡對主題人物簡直沒有一句好話。最令人困擾的是他堅信「就像他的兩位英雄人物馬克．吐溫和吉卜林，海明威從未成為一位真正成熟的藝術家」。這本書讀起來不只讓人有點沮喪，尤其看到它以此為前提，就更令人乏力；甚至在讀者暈頭轉向地往下讀時，這個前提更不斷重複的出現。梅耶爾先生很簡短、很不認同的談到了一些作品，如《死在午後》（雖然他稱它為「英文版的鬥牛研究經典」）、《非洲的青山》、《勝利者一無所獲》、《沒有女人的男人們》、《有錢人和沒錢人》、《渡河入林》、《島在灣流中》、《流動的饗宴》（他堅持這是海明威「最偉大的一本非小說」）以及《老人與海》。

(76) Thomas Edward Lawrence，1888-1935，也稱「阿拉伯的勞倫斯」。

(77) George Orwell，1903-1950，英國作家，作品有《一九八四》、《動物農莊》等

(78) Katherine Mansfield，1888-1923，紐西蘭短篇小說作家，作品有《娃娃屋：曼斯菲爾德短篇小說傑作選》《花園酒會》等。

(79) Siegfried Sassoon，1886-1967，英國詩人，作家。

(80) Wyndham Lewis，1882-1957，英國畫家，作家。

*

至於其餘的作品，大體上，按照梅耶爾先生的看法，都毀在「過度的展現浮誇和自憐……無力創造引起共鳴的人物，一味的只想演出他的白日夢」。那他怎麼看待其他的作品？《太陽照常升起》，十幾個短篇小說，包括〈法蘭西斯．馬康伯快樂短暫的一生〉和〈雪山盟〉（即〈吉力馬札羅的雪〉），以及《戰地春夢》和《戰地鐘聲》等，他覺得還可以。但對於海明威沒死於非洲的墜機事件中他似乎感到很遺憾。假如那時候他死了，梅耶爾先生說：「因為洪水或是一群野象而身亡，或許會讓他的聲望比現在好很多。他會在實在的榮耀中……在開始衰敗之前，熄滅。」

好在這本傳記沒有同時提到釣魚竿和陽具崇拜[81]，謝天謝地。他對海明威的人和作品所做的詮釋，完全是佛洛伊德式的。「傷」這個字在書裡出現的次數也不少——不只是身體上的傷（一九一八年海明威在義大利被砲彈碎片和機槍子彈所傷），還有後來被艾妮絲．庫洛斯基拋棄所承受的傷。還有一個「傷」發生在伊莉莎白．哈德利坐火車從巴黎到瑞士的路上——一個收藏海明威早期作品的手提箱，在她的包廂裡被偷走了——梅耶爾先生的說法是：「這個失去，在海明威的心中認為與性方面的不貞互相關聯，他認為失去稿件就等同於失去愛情。」

這原本只是一次沮喪不幸的意外，然而在傳記家的眼裡，這顯然就是伊莉莎白·哈德利成為海明威第一任太太的引子。海明威本身也有罪惡感，罪惡感有時候會引發非常奇怪的表現。梅耶爾先生說：「海明威有過三次意外事故，很可能跟他的罪惡感有關，因為都發生在他和寶琳·費孚[82]結婚後的第一年裡。」而接下來這段說法就驚人了：「海明威——像很多平常人一樣——覺得父親霸占了母親，而產生一種矛盾的戀母情結。如果鬥牛象徵性交，《太陽照常升起》中表現得極其明顯（「劍刺進去了，就在那瞬間，他和牛合而為一」）。鬥牛士勝利主宰了牛，牠在死亡的瞬間感受極致的快感，這代表的是一種對抗同性戀威脅的男性防衛。」

由佛洛伊德和潛意識一下子又轉到了世俗（真是直截了當），請看這幾個說法：「海明威一到巴黎這個文學重鎮，就開始攻城掠地。」「海明威性子急，脾氣壞，喜歡人家把他看成硬漢而不是作家。」「他自私，永遠把書看得比太太重要。」「歐內

[81] Penis Envy，是由佛洛伊德提出的一種女性的移情性心理，女孩有意無意間對於陽物的妒羨情結，對男性的強壯產生妒忌感。

[82] Pauline Pfeiffer，1895-1951，美國新聞記者，海明威的第二任妻子。

斯特．海明威的兩面性格來自他的父母。」「海明威有四個姊妹（後來，有四個太太）。」「戰爭的世界深深吸引他，因為那裡可以遠離女人，這也是他焦慮的最大來源。」類似這樣誤導的說法不下千百句。讀這本書真的很「棘手」。

一九三一年海明威遷到基韋斯特，同時出版了《死在午後》，這以後他本人和他的行事作風都開始以硬漢自居。他獵殺獅子、水牛、大象、大角羚、鹿、熊、麋鹿、鴨子、野雞、馬林魚、鮪魚、旗魚、鱒魚。只要想得到的，他就去抓就去殺——所有天上飛的，水裡游的，地上跑的、爬的，或是重到走不動的，他都殺。他開始說大話，裝模作樣，鼓動大家喊他「老爹」（Papa），而打起架來也不分朋友敵人，一律冷酷無情。費茲傑羅的評語最入微，他說海明威「跟我一樣，精神緊繃到近乎崩潰，只是表現方式不同。他傾向狂妄，我則抑鬱」。戴蒙．榮尼恩⑧³說：「跟他在一起只要時間一長，幾乎無人能忍受。」

這本書寫的是海明威在一九四〇年以後，中年和晚年時期的事蹟——梅耶爾先生稱這段時間為衰敗的歲月——讀了之後，會留給讀者很大的疑惑，海明威究竟有沒有寫過任何值得推崇的作品（梅耶爾先生認為他在《戰地鐘聲》之後，就沒有了），甚至會懷疑他究竟能不能寫。他經歷過無數次極嚴重的意外事故，也得過好多極嚴重極傷身的大病，包括酗酒（他兒子傑克說他的父親在最後那二十年裡每天都要喝一夸脫的威士忌）。書裡有三頁附錄，記載了他一些主要的事故和病症，包括有五次腦震盪、一次腦殼碎裂、被子彈和砲彈碎片擊中多次、肝炎、高血壓、糖尿病、瘧疾、肌肉撕裂、韌帶拉傷、肺炎、丹毒、阿米巴痢疾、敗血症、椎間盤裂開、肝病、右腎和脾臟破裂、腎盂炎、貧血、動脈硬化、皮膚癌、血色素沉澱症、一級燒燙傷。有一回為了射殺鯨魚，他把自己的腿給射穿了。他獲准在梅約診所住院的時候，已經深受「憂鬱和精神崩潰」之苦。

海明威的公開形象令人心寒，此人的私生活也一無是處。讀者被一樁又一樁劣質的、惡意的、粗俗的、卑鄙的行為窮追猛打（與第三任妻子瑪莎·蓋爾霍恩決裂之後，海明威針對她寫了一首缺德下流的詩，他經常當眾朗讀）。他通姦的緋聞不斷，年過五十，還不知羞地在迷戀十幾歲的少女。他前前後後幾乎跟所有的人吵架絕交：他的朋友、家人、他的前妻（唯獨伊莉莎白·哈德利除外；他們倆離婚多年，他仍然寫情書給她）、他的兒子、兒子們的妻子……他跟每個兒子都鬧到不可開交，其中一個叫「葛雷

---

(83) Damon Runyon，美國報人及作家。

格里」，他說真希望親眼看到他上絞刑台。他在遺囑裡留下一百四十萬美元的遺產，但兒子們不得繼承。

總算鬆了一口氣，終於到了一九六一年七月二日那個可怕的早上，經由梅約診所最近二度公開的資料（其實違背了他妻子的意願；她覺得是他「騙」了那些醫生），海明威知道槍櫃的鑰匙放在哪裡——看到這裡，大家應該覺得受夠了。

這本書裡的東西，跟卡洛斯．貝克一九六九年寫的傳記不相上下。貝克先生儘管也有許多盲點，但對於海明威的作品是讚賞的，對於這個人也比較了解。有沒有可能再出一本全方位的傳記，讓貝克先生和梅耶爾先生來一次對決？不過我看還是不要。至少我個人就不會去讀它了。

讀完這本書，對於海明威的觀感大概只有一種解藥可以救，就是立刻回去重新再讀他寫的小說。傑出的作品依舊是那麼的清澈、明朗、純粹；彷彿有一種貼身的交流，當你的手指在翻動書頁的時候，當你的眼睛在接收那些文字的時候，你的腦子自然的開始想像，開始體會文句中的意象，就如海明威說的，「就好像是自己的親身經歷一般。」海明威做到了，他永遠都在做。寫傳記的作家若是把他寫到如此不堪，公然批判他的形象和私生活，那他不如乾脆去寫一家匿名的雜貨鋪或是一頭長毛象吧。海明威，這位作家——他仍然是故事中的主角，不管這故事如何發展。

【新書講座】

當我們談論瑞蒙·卡佛時，我們談論什麼？

2016／08／26（五）

主講／陳榮彬

時間／19：30

地點／紀州庵文學森林
（台北市同安街107號 02-23687577）

主辦單位／寶瓶文化、TAAZE讀冊生活

協辦單位／紀州庵文學森林

洽詢電話：(02)2749-4988

＊免費入場，座位有限

國家圖書館預行編目資料

叫我自己親愛的——瑞蒙・卡佛談寫作／瑞蒙・卡佛（Raymond Carver）著. 余國芳譯. --初版. --臺北市：寶瓶文化, 2016. 7
面； 公分. --（Island；259）
譯自：*To Call Myself Beloved: Raymond Carver on Writing*
ISBN 978-986-406-062-7（平裝）
874.6　　105012875

Island 259
叫我自己親愛的——瑞蒙・卡佛談寫作

作者／瑞蒙・卡佛（Raymond Carver）　譯者／余國芳
外文主編／簡伊玲

發行人／張寶琴
社長兼總編輯／朱亞君
主編／簡伊玲・張純玲
編輯／賴逸娟・丁慧瑋
美術主編／林慧雯
校對／賴逸娟・陳佩伶・呂佳真
業務經理／李婉婷
企劃專員／林歆婕
財務主任／歐素琪　業務專員／林裕翔
出版者／寶瓶文化事業股份有限公司
地址／台北市110信義區基隆路一段180號8樓
電話／(02) 27494988　傳真／(02) 27495072
郵政劃撥／19446403　寶瓶文化事業股份有限公司
印刷廠／世和印製企業有限公司
總經銷／大和書報圖書股份有限公司　電話／(02) 89902588
地址／新北市五股工業區五工五路2號　傳真／(02) 22997900
E-mail／aquarius@udngroup.com

著作完成日期／二〇〇〇年
初版一刷日期／二〇一六年七月
初版二刷日期／二〇一六年七月二十八日
ISBN／978-986-406-062-7
定價／三〇〇元

AQUARIUS 寶瓶 文化事業

愛書人卡

感謝您熱心的為我們填寫，
對您的意見，我們會認真的加以參考，
希望寶瓶文化推出的每一本書，都能得到您的肯定與永遠的支持。

系列：Island259 **書名：叫我自己親愛的——瑞蒙·卡佛談寫作**

1. 姓名：＿＿＿＿＿＿＿＿＿ 性別：□男 □女
2. 生日：＿＿＿年＿＿＿月＿＿＿日
3. 教育程度：□大學以上 □大學 □專科 □高中、高職 □高中職以下
4. 職業：＿＿＿＿＿＿＿＿
5. 聯絡地址：＿＿＿＿＿＿＿＿＿＿＿＿＿＿＿＿＿＿＿＿＿＿＿＿＿

   聯絡電話：＿＿＿＿＿＿＿＿＿ 手機：＿＿＿＿＿＿＿＿＿
6. E-mail信箱：＿＿＿＿＿＿＿＿＿＿＿＿＿＿＿＿＿＿

   □同意 □不同意 免費獲得寶瓶文化叢書訊息
7. 購買日期：＿＿＿ 年 ＿＿＿ 月 ＿＿＿日
8. 您得知本書的管道：□報紙／雜誌 □電視／電台 □親友介紹 □逛書店 □網路 □傳單／海報 □廣告 □其他
9. 您在哪裡買到本書：□書店，店名＿＿＿＿＿＿ □劃撥 □現場活動 □贈書 □網路購書，網站名稱：＿＿＿＿＿＿＿ □其他＿＿＿＿＿＿
10. 對本書的建議：（請填代號 1.滿意 2.尚可 3.再改進，請提供意見）

    內容：＿＿＿＿＿＿＿＿＿＿＿＿＿＿

    封面：＿＿＿＿＿＿＿＿＿＿＿＿＿＿

    編排：＿＿＿＿＿＿＿＿＿＿＿＿＿＿

    其他：＿＿＿＿＿＿＿＿＿＿＿＿＿＿

    綜合意見：＿＿＿＿＿＿＿＿＿＿＿＿＿＿＿＿＿＿＿＿＿＿＿＿＿＿＿＿＿＿
11. 希望我們未來出版哪一類的書籍：＿＿＿＿＿＿＿＿＿＿＿＿＿＿＿＿＿＿＿

讓文字與書寫的聲音大鳴大放

寶瓶文化事業股份有限公司

（請沿此虛線剪下）

廣 告 回 函
北區郵政管理局登記
證北台字15345號
免貼郵票

寶瓶文化事業股份有限公司 收

110台北市信義區基隆路一段180號8樓

8F,180 KEELUNG RD.,SEC.1,

TAIPEI.(110)TAIWAN R.O.C.

（請沿虛線對折後寄回，謝謝）